L'IDÉAL DE JUSTICE ET DE BONHEUR

ET

LA VIE PRIMITIVE DES PEUPLES DU NORD

DANS

LA LITTÉRATURE GRECQUE ET LATINE

Paris. — Imprimerie polyglotte A. Labouret, passage Gourdon, 6.

L'IDÉAL DE JUSTICE ET DE BONHEUR

ET

LA VIE PRIMITIVE DES PEUPLES DU NORD

DANS

LA LITTÉRATURE GRECQUE ET LATINE

PAR

A. RIESE

OUVRAGE TRADUIT DE L'ALLEMAND

PAR

Ferdinand GACHE
Professeur au Lycée de Nîmes.

J. Sully PIQUET
Professeur au Collège de Zwolle.

Augmenté de Notes par l'Auteur et les Traducteurs

———✳———

PARIS

LIBRAIRIE C. KLINCKSIECK

11, Rue de Lille, 11

—

1883

AVERTISSEMENT

L'ouvrage dont nous offrons la traduction au public lettré de France est dû au savant professeur de Francfort, M. le docteur **Alexander Riese**. Ce ne fut, à l'origine, qu'un Programme de Pâques pour le Gymnase de Francfort[1]; plus tard, l'auteur, désireux de répandre son travail dans un cercle plus étendu, le fit paraître à Heidelberg sous ce titre : *Die Idealisirung der Naturvœlker des Nordens in der griechischen und rœmischen Literatur*[2]. C'est sur cette édition, fort difficile d'ailleurs à se procurer, qu'a été faite la présente traduction. M. le docteur Riese a bien voulu, en nous accordant l'autorisation de traduire son ouvrage, nous communiquer quelques notes, trop rares à notre gré, que l'on trouvera à leur place avec la signature A. R., 1885. Nous avons cru devoir à notre tour ajouter un certain nombre de remarques, de citations et d'annotations, qui, sans surcharger

1. Francfort, Imprimerie Mahlau et Waldschmidt. 1875.
2. Heidelberg, Librairie G. Weiss 1875.

le texte, l'éclaircissent et le complètent. Ainsi donc, tout contribue à donner à la présente traduction l'importance d'une publication nouvelle.

Notre attention a été attirée d'abord sur cet instructif opuscule par les conseils de M. Max Bonnet, le maître distingué qui occupe à la Faculté des lettres de Montpellier la chaire de littérature latine. M. Max Bonnet nous fit remarquer combien cet ouvrage, en dépit de la multiplicité des notes, de l'accumulation des citations et de l'érudition prodigieuse qu'il atteste à chaque page, serait propre à intéresser aux recherches savantes relatives à l'antiquité ceux-là mêmes que leur profession n'appelle pas à s'en occuper. C'est bien là en effet un des mérites de l'*Idealisirung* de M. Riese; car le souci de paraître complet n'en bannit pas le désir d'être intéressant, la science n'y offusque pas le goût et l'art y trouve place à côté de l'érudition. Aussi, la lecture de cette dissertation spéciale sur un point curieux de littérature ancienne est-elle accessible à d'autres qu'à des spécialistes : quiconque aime les choses de l'esprit y prendra un plaisir réel, en retirera un inestimable profit. Enfin, l'*Idealisirung* possède pour ses nouveaux lecteurs un double attrait : — elle recherche dans l'antiquité classique les modèles ou simplement les pendants des Pas-

torales, des Bergeries, des rêveries sentimentales du xviii⁰ siècle sur la nature; — elle se
plaît à étudier dans la même antiquité les
manifestations de cet esprit particulier qui
inspira notre littérature vers 1830 et que l'on
est trop porté à croire exclusivement moderne,
essentiellement français. On le voit, la thèse
de M. Riese est bien dans le goût du jour : ne
pourrait-on pas au besoin, en parodiant un
titre justement célèbre, l'intituler : le *Romantisme des Antiques!*

Nous avons complètement remanié l'opuscule de M. Riese. Notre traduction, tout en
étant aussi fidèle que possible, n'est point un
calque servile de l'original. Dans l'intérêt
même de l'exactitude il nous a paru bon de
substituer à la traduction littérale des passages que M. Riese avait déjà traduits du
grec et du latin, une version empruntée aux
meilleurs traducteurs français ou directement
faite par nous sur les textes. — Toutes les
citations, vérifiées avec le plus grand soin,
renvoient aux meilleures éditions classiques
en usage dans nos facultés. — Nous nous
sommes permis en outre de nous écarter de
la disposition typographique adoptée par l'auteur. M. Riese accumule les citations dans le
texte même. Nous les avons la plupart du
temps rejetées au bas des pages, afin que
le lecteur désireux de suivre simplement

l'ingénieux développement de la thèse, sans se soucier des documents qui l'appuient, ne soit pas arrêté à chaque instant par des phrases en langue étrangère rompant la chaîne du raisonnement. Enfin, une division méthodique en chapitres et en paragraphes, et la confection de sommaires et de tables des matières détaillées nous ont semblé le complément nécessaire de notre travail.

Nîmes, 1885.

L'IDÉAL DE JUSTICE ET DE BONHEUR

ET

LA VIE PRIMITIVE DES PEUPLES DU NORD

DANS

LA LITTÉRATURE GRECQUE ET LATINE[1]

INTRODUCTION

Une des questions de littérature ancienne les plus controversées en Allemagne est de savoir quel dessein a eu Tacite en écrivant la *Germanie*. Comme cet ouvrage est le plus important monument en l'honneur des ancêtres du peuple allemand, comme d'autre part, ainsi qu'on l'a dit parfois, il se rapproche de la manière de penser des modernes, la curiosité des Allemands sur ce point se trouve justifiée, ainsi que

1. Le sujet de ce traité dans son ensemble est, à ma connaissance, développé ici pour la première fois. Ce n'est que dans le tome 3, 2 de Ukert, intitulé *Geographie der Griechen und Rœmer*, ouvrage aussi savant que sagement ordonné, que sont compris quelques-uns des passages des auteurs anciens concernant la question qui nous intéresse. Mais il s'en faut de beaucoup que tous soient exactement interprétés, et ceux mêmes qui le sont ne sont pas suffisamment éclaircis et coordonnés. Muellenhoff, dans son excellent ouvrage *Deutsche Alterthumskunde*, livre plein d'érudition, a effleuré cette thèse en passant. — Quelques parties du présent opuscule ont été communiquées, sous forme de discours, au Congrès philologique d'Innsbruck, 20 septembre 1871, sous ce titre : *die Beurtheilung der Germanen in der rœmischen Literatur*.

les solutions fantaisistes risquées à des époques où la connaissance de l'histoire était moins avancée qu'aujourd'hui. Nous osons répondre à notre tour que Tacite, par cet écrit, se proposait ou bien de détourner l'empereur Trajan de faire la guerre aux Germains, ou bien au contraire de l'y pousser. Nous disons de plus que nous ne possédons dans la *Germanie* que des éléments de descriptions faites avec art dans un dessein déterminé, descriptions que nous ne citons aujourd'hui qu'à titre de curiosités.

Toutes les opinions qui méritent d'attirer l'attention se ramènent aux deux solutions opposées que voici : ou bien la *Germanie* n'est qu'un ouvrage géographique et ethnographique composé pour satisfaire à ce goût commun des hommes pour toutes les descriptions sur les *Situs gentium*[1] ; ou bien c'est un livre destiné à montrer aux Romains un certain idéal du caractère germanique, à mettre les Germains en rapport avec les Romains, à donner de leurs mœurs un tableau soit idyllique, soit élégiaque, soit fantaisiste et sentimental, soit enfin satirique, modèle ostensiblement proposé aux Romains d'une vie innocente, vertueuse et heureuse.

La première de ces solutions est soutenue par B. Kritz; la seconde par Pallmann et Gerlach. La plupart des savants acceptent, comme nous l'avons dit, un compromis entre les deux opinions[2], et attribuent au goût personnel de l'auteur l'origine de cet

---

1. Tac. *Ann.* 4, 33.
2. Voir l'exposé fort étendu, sinon tout à fait impartial de **Baumstark**, *Urdeutsche Staatsalterthümer*. Berlin, 1873, page 58 sqq.

ouvrage. Voilà précisément ce qui lui fit décrire les mœurs des Germains, peuple si intéressant en lui-même pour les Romains. Mais, dans cette œuvre, l'exacte véracité de Tacite, ses efforts pour se renseigner aussi bien que possible et tout représenter avec la plus scrupuleuse fidélité, ne sont plus contestés par personne, quoiqu'on lui reproche certaines faiblesses et certaines obscurités dans l'exposition.

On peut chercher encore à déterminer le rapport qui existe entre la *Germanie* et les *Histoires*. La *Germanie* ferait-elle partie intégrante des livres perdus des *Histoires*[1], ou ne serait-elle qu'un travail préparatoire à ces mêmes livres? Ce travail préparatoire se serait-il tellement étendu que Tacite[2] l'aurait publié à part, ou bien n'aurions-nous là qu'un traité, qui, pour n'importe quel autre motif, aurait été prêt plus tôt, et aurait pu être donné avant le reste comme un ouvrage indépendant? J'ai cherché à justifier cette dernière hypothèse[3]; elle a été admise depuis par A. Eussner[4], et plus tard aussi par W. Teuffel[5]; pour ma part, je n'ai pas encore trouvé de raisons pour en démordre. Dans cette hypothèse, l'importante guerre que les Romains commencèrent en 85 ap. J.-C. contre les Germains et contre d'autres peuples des frontières danubiennes amena Tacite à faire dans les *Histoires* une digression sur les Germains; cette digression se trouvait dans les

1. C'est ce que pensent A. Becker 1830, Horkel 1849, Holtzmann 1873.
2. Suivant l'opinion de Eussner.
3. Eos. II, 1865, p. 193-203.
4. Jahrbb. f. Philol. 1868, p. 650.
5. *Hist. de la littérat. rom.*, tome 2, § 336, 2 de la trad. franç.

livres que nous avons perdus : elle pouvait remplir tout au plus de douze à quinze chapitres. Or, tout en réunissant les matériaux de cette digression et en travaillant aux *Histoires*, Tacite pouvait préparer cet écrit spécial plus détaillé, lequel parut en 98 ap. J.-C. Pareille chose fut faite à la même époque par Arrien, qui publia, à la suite de son histoire détaillée d'Alexandre le Grand, un écrit spécial intitulé Ἰνδική, *qui se rapporte également à Alexandre*, comme le disent les dernières paroles de l'auteur, et qui, dans sa disposition, manifeste une ressemblance certaine avec la *Germanie*.

Cet opuscule de Tacite possède, en dehors d'un riche fonds de documents, une certaine couleur personnelle que nous avons déjà signalée. Il me semble qu'à ce sujet Horkel[1] a donné le véritable motif qui détermina Tacite à écrire la *Germanie*, quand il dit : « Tacite devait recueillir ce que décèle en général la nature du pays, ce qui était remarquable dans la vie tant publique que privée du peuple, ce qui pouvait faire comprendre d'*où ce peuple tirait sa force et son courage*, etc. » Mais, si c'est vraiment là le motif déterminant, et tous les détails sans exception concourent à le prouver, cette manière de comprendre le sujet, cette haute estime du courage des Germains, de leurs forces puisées dans la nature, la crainte elle-même qu'ils inspiraient avaient pour fondement le contraste avec les *urgentia imperii fata*[2]. L'empire, selon l'aristocrate Tacite, était en

1. *Geschichtschreiber der deutschen Urzeit*. 1, p. 636.

2. *Germ.* 33 ; cf. *Ann.* 11, 20. *Hist.* 4, 26 et 54. — Plus tard, vers 250, Commodien (*Apolog.* 798 sqq.) prophétise fort clairement la prise de Rome par les Goths !

décadence depuis que l'antique *libertas* de la domination des *gentes* avait fait place à *l'obsequium* envers l'empereur. En même temps Rome, c'était encore l'opinion de Tacite, était tombée dans la plus basse corruption, et avait perdu tout souvenir de la vie simple et naturelle d'autrefois. De là venait que la paix et le bonheur avaient disparu. Abusé par une illusion commune, Tacite crut donc devoir chercher au loin chez des peuples incultes tout ce bonheur qui manquait autour de lui; c'est ainsi qu'il fut conduit à admirer leur bonheur aussi bien que leur force et leur courage.

Mais, ici, nous entrons aussitôt dans le domaine du sentiment, je ne dis pas, comme Baumstark, dans le domaine du roman, puisqu'on entend par roman une pure fiction. Car, le bonheur des Germains, d'où Tacite le connaissait-il? Parce que leurs antipodes les Romains étaient malheureux, était-ce une raison pour que les Germains jouissent d'un bonheur sans mélange? Non certes. Cette idée n'a d'autre fondement que la disposition d'esprit de l'auteur; ce n'est que le reflet de sa sentimentalité. Donner des exemples pour le démontrer est à peine nécessaire. Voici quelques-uns des plus connus : *Nemo illic vitia ridet nec corrumpere ac corrumpi sæculum vocatur*[1]; plus loin : *Nec ulla orbitatis pretia*[2]. — *Argentum et aurum propitiine an irati dii negaverint dubito*[3]. — *Sæpta pudicitia agunt, nullis spectaculorum illecebris, nullis conviviorum irrita-*

1. *Germ.* 19.
2. *Id.* 20
3. *Id.* 5.

tionibus corruptæ[1]. — *Ea curâ formæ, sed innoxia*[2]. — *Dotem non uxor marito, sed uxori maritus offert*[3], etc. Ces passages qui peignent tous le bonheur des Germains, la pureté de leurs mœurs, et quelques autres comme : *Pares validæque miscentur, ac robora parentum liberi referunt*[4], montrent la force d'un peuple placé en opposition marquée (*illic, ibi*) avec le peuple romain. Mais, trouver d'où viennent la force et le courage des Germains, c'est aussi, pour un auteur romain cherchant la vérité, marquer où s'arrêtent cette vigueur et cette bravoure. On s'en aperçoit par exemple dans ces passages : *Laboris atque operum non eadem patientia, minimeque sitim æstumque tolerare... assueverunt*[5]. *Si indulseris ebrietati, haud minus facile vitiis quam armis vincentur*[6]; et dans le souhait célèbre : *maneat quæso duretque gentibus... odium sui, quando urgentibus jam imperii fatis nihil jam præstare fortuna majus potest quam hostium discordiam*[7]. La paresse des Germains, leur ivrognerie, leur passion pour le jeu, la violence de leur caractère, leurs dissensions, voilà ce que Tacite met ici en lumière, non pas en partisan de l'empire, mais simplement en Romain patriote. Quelques passages ironiques laissent deviner combien peu il était favorable à l'opinion que j'appelle impériale et dont je renvoie l'étude à plus tard,

1. *Id.* 19
2. *Id.* 38.
3. *Id.* 18.
4. *Id.* 20.
5. *Id.* 4.
6. *Id.* 23.
7. *Id.* 33.

opinion qui ne voulait voir dans les Germains que des ennemis irréconciliables, mais dont on parlait avec un mépris orgueilleux et des cris de triomphe, comme de vaincus qui n'avaient dû un moment la victoire qu'à la ruse et qu'à la trahison[1]. Depuis la première invasion des Cimbres jusqu'à nos jours, il s'est écoulé 210 ans *tam diu Germania vincitur*[2], c'est-à-dire, non pas : « *Que de temps passé à vaincre la Germanie, sans y parvenir* » ainsi que l'on traduit en général ces mots, mais bien tout simplement : « *C'est aussi longtemps qu'on est occupé à vaincre la Germanie, du moins si l'on peut en croire les bulletins de victoire* »; ce qui revient à dire : « *elle n'est pas encore domptée, par conséquent les rapports officiels sont mensongers.* » C'est ainsi que, à la fin du chapitre, les mots : *triumphati magis quam victi sunt*, tout en faisant allusion au temps de Domitien[3], renferment une ironie à l'adresse de quelque écrivain à tendances impériales, comme Ovide par exemple[4], qui appelle les Germains *triumphata gens*.

Mais en voilà assez pour le moment sur ce sujet. Je reviens à l'idéal qu'on se formait des Germains. Comment Tacite fut-il amené à le concevoir ? La réponse habituelle, que nous avons déjà indiquée, est la suivante : on dit que, mécontent de la société romaine, de la servilité à l'égard de l'empereur et du

1. Manilius, *Astronom.* 1, 897. A. R. 1885.

2. *Germ.* 37.

3. Tacite fait allusion à Domitien, qui entreprit une expédition contre les Chattes et, quoiqu'il n'eût pas même vu l'ennemi, célébra son triomphe avec des esclaves achetés et travestis en Germains. Cf. *Agr.* 39. Trad.

4. *Amor.* 1, 14, 46.

malaise produit par une civilisation excessive, il jugea qu'il serait bon d'établir un parallèle avec le bonheur, la liberté et la simplicité des Germains. Cette conception se trouve marquée avec la plus grande force au chapitre 46, où, après la description de l'insouciance presque animale des Fennes, Tacite leur décerne l'éloge suivant : « *securi adversus homines, securi adversus deos, rem difficillimam assecuti sunt, ut illis ne voto quidem opus esset.* » Cette explication est juste dans l'ensemble; mais, je ne saurais accepter les développements particuliers qu'on lui donne, comme par exemple que dans les temps de civilisation raffinée, ou plus souvent dans les moments de troubles et de malheurs politiques, se produisent des aspirations maladives vers l'état de nature, ce qui explique et la *Germanie* de Tacite et mainte publication du xviiie siècle dont je ferai mention plus loin. Était-il vraiment besoin d'une civilisation raffinée, d'un état politique corrompu pour faire naître cette illusion que le bonheur habite au loin, et que les hommes de là-bas sont meilleurs que ceux qui vivent dans le cercle étroit dont nous faisons partie? N'appartient-il pas à l'homme de soupçonner loin de lui l'existence d'un bonheur qu'il ne trouve pas en lui? Car, aucun homme n'est parfaitement heureux. Autrement d'où viendrait cette foi au bon vieux temps, foi qui est de tous les siècles? Qui enfanterait ces innombrables *laudatores temporis acti*? C'est un fait connu que ce penchant à voir dans la perspective du passé ou de l'avenir, et dans l'éloignement de régions reculées les sociétés et les hommes glorifiés, transfigurés, idéalisés. Chez des peuples ou des individus à imagination vive, ce penchant pouvait avoir une heureuse influence sur les créations de la poésie. L'instinct de migration inné dans un peuple jeune, et les récits embellis de scènes dont on fut le héros au loin peuvent aussi avoir contribué à cette glorification des contrées lointaines. Pour en revenir à l'opinion commune, disons que, dans les temps de malaise, la disposition à de vagues et ardents désirs est particulièrement excitée et accrue par les difficultés de l'existence. On est ordinairement porté à dénier ces penchants à l'antiquité classique : on les tient pour un produit du romantisme, et l'on juge par suite que la *Germanie* de Tacite a quelque chose de la sentimentalité moderne. Sur l'origine de cette tournure d'esprit constatée chez Tacite, Koepke seul est remonté aux sources, mais, à mon avis, il n'est ni exact ni complet.

Je me propose donc maintenant de fournir la preuve historique de la pratique constante à travers tous les âges de l'antiquité, depuis Homère jusqu'à Tacite, de cette idéalisation[1] des peuples barbares du lointain septentrion, et de montrer que, si c'est dans Tacite qu'elle apparaît le plus fréquemment, elle est cependant très facile à constater chez un très grand nombre d'auteurs de tous les temps que nous allons passer en revue dans cet ouvrage[2].

---

1. Qu'on nous permette d'employer ce mot : il est clair et il rend avec précision le mot allemand *idealisirung*. Trad.

2. Le livre de A. Geffroy : *Rome et les barbares*, étude sur la *Germanie* de Tacite (Paris, Didier) ne m'est pas connu. A. R. 1875.

PREMIÈRE PARTIE

L'Idéalisation des Scythes chez les écrivains grecs et leurs imitateurs latins.

Homère. — Hésiode. — Eschyle. — Pindare. — Hellanicos. — Hérodote. — Thraces et Gètes. — Ctésias. — Éphore. — Alexandre le Grand. — Posidonius. — Scymnos. — Rome. — Salluste. — Horace. — Virgile. — Justin. — Strabon. — Pomponius Méla. — Les Sères.

Démontrons d'abord que les anciens idéalisèrent les Scythes, pour arriver à démontrer ensuite comment, après les Scythes, ils en vinrent à idéaliser les Germains.

§ 1. **Homère.** — Déjà, dans les poèmes homériques, se rencontre l'idée d'une vie meilleure où la justice et le bonheur avaient une plus grande place que dans la vie réelle; cette existence avait été le privilège d'hommes plus forts qui avaient existé longtemps auparavant[1], ou bien c'étaient des peuples fort éloignés du monde connu des Grecs qui en jouissaient encore. Cette idée s'unit souvent dans Homère à des conceptions mythiques, comme par exemple dans la description des pieux et heureux Phéaciens, qui habitent dans l'île de Schérie, loin dans la vaste mer, séparés *des hommes fertiles en inventions* (?) et industrieux[2]. Déjà on a presque con-

1. Que l'on pense au douloureux οἷοι νῦν βροτοί εἰσιν tant de fois répété.
2. Εἶσεν δὲ Σχερίῃ, ἑκὰς ἀνδρῶν ἀλφηστάων, *Od.* 6, 8.

science du contraste de la civilisation avec l'état de nature[1]. A cette idée se rapporte également le mythe des Champs-Élysées situés aux extrémités de la terre πείρατα γαίης[2], où la vie s'écoule si doucement, où l'on ne voit ni neige, ni tempête, ni pluie, mais où le zéphyr souffle de l'Océan et où règne le juste Rhadamante[3]. Les Éthiopiens encore sont pour Homère un peuple à demi-mythique : en leur qualité de ἔσχατοι ἀνδρῶν[4], ils demeurent au loin, les uns à l'endroit où le soleil se lève, les autres à l'endroit où il se couche, ou bien sur le rivage de l'Océan[5]; les dieux les visitent et acceptent avec joie les offrandes de ce peuple pieux. Et combien n'a-t-il pas d'attraits, ce pays des Lotophages où les compagnons d'Ulysse, oublieux du retour, étaient prêts à se laisser retenir[6]? Plus tard, en souvenir de ces peintures d'Homère, tout en ayant sur ces pays des notions géographiques plus exactes, les Grecs regardaient les Éthiopiens d'Afrique comme les hommes *les plus beaux, les plus grands et qui vivaient le plus longtemps*[7], et les

---

1. Voir plus loin.

2. *Od.* 4, 563.

3. Je ne toucherai pas ici à la question de l'origine de certains passages d'Homère, car c'est un travail aussi ardu qu'indifférent à mon sujet. Voyez pour les autres passages : Muellenhoff, *Deutsche Alterthumskunde*, tome I (Berlin 1870), pag. 40 sqq.

4. *Od.* 1, 23.

5. Εἶμι γὰρ αὖτις ἐπ' Ὠκεανοῖο ῥέεθρα, — Αἰθιόπων ἐς γαῖαν. *Il.* 23, 205.

6. *Od.* 9, 96 sqq.

7. Ἄνδρας μεγίστους καὶ καλλίστους καὶ μακροβιωτάτους. *Hér.* 3, 114; de même, mais avec une nuance différente dans la peinture, Pomponius Méla 3, 85 : *pulchri forma, œqui corporis, parumque venerati opes, veluti optimarum alumni vir-*

Lotophages des Syrtes, comme *un peuple hospitalier*[1].

C'est dans une tout autre contrée que nous transporte un passage de l'Iliade, passage plus important encore pour notre sujet. Zeus cessant de s'occuper de la lutte des armées autour des vaisseaux, détourne les regards, et, dit le poète,

> ... αὐτὸς δὲ πάλιν τρέπεν ὄσσε φαεινὼ,
> νόσφιν ἐφ' ἱπποπόλων Θρηκῶν καθορώμενος αἶαν
> Μυσῶν τ' ἀγχεμάχων καὶ ἀγαυῶν Ἱππημολγῶν
> γλακτοφάγων, Ἀβίων τε, δικαιοτάτων ἀνθρώπων[2].

Ce passage nous transporte dans les régions du Nord; il met en contraste la vie d'hommes *très justes*, vivant fort loin par delà la Thrace, avec la lutte acharnée des Grecs et des Troyens. De plus, traire les juments, se nourrir de leur lait, ce ne sont pas là de pures inventions : c'était bien une habitude des Scythes, constatée par Hérodote[3], connue dans l'antiquité et qui persiste encore chez les Kalmoucks et autres nomades des steppes situés au

---

tutum. — Nicolas de Damas, *Frag.* 142 Didot. : Ἀσκοῦσι δὲ εὐσέβειαν καὶ δικαιοσύνην. Ἄθυροι δ' αὐτῶν αἱ οἰκίαι, καὶ ἐν ταῖς ὁδοῖς κειμένων πολλῶν, οὐδὲ εἷς κλέπτει. — Favorinus, *frag.* 40, Didot : Αἰθίοπες πρῶτοι καὶ θεοὺς ἐτίμησαν καὶ νόμοις ἐχρήσαντο. — Voir encore Strabon p. 783 Casaub., et Pausan. 1, 33, 4, qui appelle les habitants de Méroé (sur Méroé, voir Fr. Caillaud, *Voyage à Méroé et au fleuve Blanc.* Trad.) δικαιότατοι. Éphore nomme une peuplade éthiopienne Μύνδωνες εὐγνωμότατοι καὶ πλουσιώτατοι (ce que j'ai présumé être pour ἁπλούστατοι dans le *Jahrbüch. für Philolog.* 1879) τὸν βίον. A. R. 1885.

1. Λωτοφάγοι ναίουσι, φιλόξεινοι γεγαῶτες Dionys. Periég. 206, Didot.

2. *Il.* 13, 3 à 6.

3. Hér. 4, 2.

nord-ouest de la mer Noire. Sans rechercher les causes de ce phénomène si frappant, sans demander comment le poète homérique a pu connaître ces contrées éloignées[1], sans répéter non plus ce que les anciens entendaient par ce nom de Ἄβιοι, je ferai seulement ressortir qu'Homère louait ces excellents γλακτοφάγοι, ces *buveurs de lait*, comme étant *les plus justes des hommes*. Si donc les poèmes homériques sont la source de la plus grande partie des conceptions et des inventions poétiques de l'antiquité tout entière, ce passage, dont je n'ai trouvé nulle part une pareille interprétation, est l'origine des glorifications sentimentales postérieures des Scythes et principalement des peuples primitifs du Nord. Ce sont ces glorifications que je vais relever sans m'attacher dans la suite à caractériser particulièrement le peuple scythe. Quant à savoir pourquoi Homère a songé à tant exalter des peuples dont tant de traits de grossièreté et de barbarie nous sont connus, c'est ce que nous devons nous résigner à ignorer. Disons cependant que ces peuples étaient fort éloignés : c'est déjà presque une réponse[2]. Toutefois, il n'est pas possible de croire que l'idéal qu'on se formait des Hyperboréens ait contribué à faire des Scythes du Nord *les plus justes des hommes*, car ni l'Iliade ni l'Odyssée ne connaissent les Hyperboréens et n'attachent une grande importance aux cen-

---

1. Ses récits ne sortent pas en général du bassin de la mer Noire, et ne dépassent pas la Paphlagonie et Alybe (*Il.* 2, 851. 857. — 13, 661).

2. Une autre signification venant du mot εὔνομος. Voir plus bas 1, § 3 en note, p. 20.

tres religieux de Délos et de Delphes autour desquels se groupe cette légende et auxquels elle doit même son origine[1].

§ 2. Hésiode. — En allant d'Homère à Hésiode, nous quittons la simple allusion à un passé plus heureux pour entrer dans la description en forme du mythe des *Quatre âges*, nous voyons en outre reculer le pays du bonheur jusqu'en des régions fort éloignées. Ses *Iles Fortunées* rappellent les *Champs-Élysées* d'Homère, dans lesquels, aux confins de la terre, habitent les Héros. En ces lieux, la vie est facile aux hommes, ils ne connaissent point

1. Que le nom d'Hyperboréen se rapportât spécialement à l'origine à des hommes qui du Nord venaient à Delphes pour adorer Apollon, c'est ce qui me semble, sauf erreur, s'accorder avec *Schol.* Apoll. Rhod. 2, 675, passage érudit et capital où il est dit : τρία δὲ ἔθνη ἐστὶ τῶν Ὑπερβορέων, Ἐπιζεφύριοι καὶ Ἐπικνημίδιοι καὶ Ὀζόλαι. On voit que les trois tribus des Locriens sont nommées ici. Ne se pourrait-il pas que les Λοκροί de l'Iliade, les vrais Locriens, les Locriens épicnémidiens qui habitaient précisément au nord de Delphes, au-delà du Parnasse, eussent été nommés Hyperboréens par rapport à Delphes? Ces derniers étaient-ils les mêmes que les Locriens? Alors cette division en trois tribus pourrait plus tard se réduire à deux. Un Hyperboréen Pégasos, dans les vers de la poétesse Béo, Pausanias 10, 5, 8, rappelle le nom de Pagase en Thessalie, et nous indique le même rapport entre Delphes et le Nord. Philostephanos encore, *Frag.* 33, Didot (*Schol.* Pind. *Ol.* 3, 28), a fait d'un Thessalien Hyperboréos un héros éponyme de la Thessalie. Mnaseas, *frag.* 24, Didot (dans *Schol.* Apoll. *l. cit.*), raconte que les Hyperboréens sont appelés maintenant Δελφοί; voyez aussi Cic. *de nat. deor.* 3, 57. — Les anciens, à partir d'Hérodote, parlent davantage des croyances hyperboréennes à Délos; cependant, ce ne peut être qu'un pur hasard. Le plus ancien chant, celui d'Alcée, se rattache à la légende delphique.

les neiges, les longues pluies, les frimas; mais toujours l'Océan, pour les rafraîchir, exhale la douce haleine de Zéphyre[1].

On sait que, plus tard, cette contrée fut placée dans les îles Canaries et ailleurs; Erytheia, dans laquelle Ératosthènes voyait la petite île de Gadès, est encore une pareille νῆσος εὐδαίμων[2]. Quant aux peuples du Nord, Hésiode, dont la patrie n'était pas loin de Delphes, connaît les Hyperboréens, mais nous ne savons rien de plus, sinon que Hésiode[3] et aussi Homère, dans les Ἐπίγονοι, si ce poème est véritablement de lui, parlaient des Hyperboréens. Presque à la même époque, l'hymne homérique intitulé Dionysos ou les Pirates, les représentait déjà comme un peuple très éloigné[4]. Nous ignorons ce que contenaient ces premiers poèmes sur les Hyperboréens. Après ces poèmes vinrent le Péan d'Alcée[5], l'hymne délien d'Olen[6] et la description d'Aristée de

1. *Od.* 4, 563 à 568 :

> Ἀλλά σ' ἐς Ἠλύσιον πεδίον καὶ πείρατα γαίης
> ἀθάνατοι πέμψουσιν, ὅθι ξανθὸς Ῥαδάμανθυς,
> τῇπερ ῥηΐστη βιοτὴ πέλει ἀνθρώποισιν·
> οὐ νιφετὸς, οὔτ' ἂρ χειμὼν πολὺς οὔτε ποτ' ὄμβρος,
> ἀλλ' αἰεὶ Ζεφύροιο λιγὺ πνείοντας ἀήτας
> Ὠκεανὸς ἀνίησιν ἀναψύχειν ἀνθρώπους...

2. Strab. 3, 148. Les îles Μακάρων près de Ténédos (Méla 2, 100) pourraient faire admettre une origine phénicienne pour ces légendes. Voir Muellenhoff a. a. O. page 65 sqq.

3. D'après Hérodote 4, 32.

4. Hymne 7, 28.

> Ἔλπομαι, ἢ Αἴγυπτον ἀφίξεται, ἢ ὅγε Κύπρον
> ἢ ἐς Ὑπερβορέους, ἢ ἑκαστέρω.

5. *Frag.* 2, B.

6. *Hérod.* 4, 35.

Proconnèse qui les représentait[1] comme très pacifiques. Apparemment dans ces récits étaient déjà
mentionnées la félicité et la piété des Hyperboréens, leur droiture, leur gaîté, leur vigueur et leur
longévité. D'après les scholies d'Eschyle[2], comme
les Éthiopiens dans Homère, ils étaient visités par
les dieux.

L'interprétation géographique des données homériques commença de fort bonne heure. Pour
quelques descriptions, le poète lui-même dut avoir
certains pays en vue; en d'autres cas, ce sont les
épopées hésiodiques qui ont commencé à fixer la
topographie. D'après le fragment 194, Hésiode trans-
portait le théâtre des pérégrinations d'Ulysse en
Italie et en Sicile, et trouvait dans l'Odyssée l'Etna,
l'île d'Ortygie, la mer Tyrrhénienne; d'après le
fragment 196, il plaçait sur les côtes de cette mer
l'île de Circé. Nous étonnerons-nous de voir le passage de l'Iliade cité plus haut sur les ἀγαυῶν Ἱππημολγῶν γλακτοφάγων Ἀβίων τε, δικαιοτάτων ἀνθρώπων
repris et développé par les poètes hésiodiques qui,
par suite des premières colonisations accomplies
alors sur les côtes du Pont-Euxin, acquirent des
notions un peu plus exactes sur les pays et sur les
peuples? C'est ainsi que nous lisons[3] dans le fragment 189 : Γλακτοφάγων εἰς αἶαν, ἀπήναις οἰκί' ἐχόντων,

1. *Id.* 4, 13.
2. *Prométhée* 793.
3. Strabon 7, 302 : ῎Εφορος... φησίν... Ἡσίοδον ἐν τῇ καλουμένῃ
γῆς περιόδῳ τὸν Φινέα ὑπὸ τῶν Ἁρπυιῶν (φήσαντα) ἄγεσθαι γλακτοφάγων κ. τ. λ. — Strabon 7, 300 : Ὅτι γὰρ οἱ τότε τούτους
(τοὺς Σκύθας) ἱππημολγοὺς ἐκάλουν, καὶ Ἡσίοδος μάρτυς ἐν τοῖς ὑπ'
Ἐρατοσθένους παρατεθεῖσιν ἔπεσιν Αἰθίοπας κ. τ. λ.

et, dans le fragment 190 : Αἰθίοπάς τε Λίγυς τὲ ἰδὲ
Σκύθας ἱππημολγούς. Dans le premier se trouve un
trait caractéristique de plus sur la vie des peuples
du Nord et leur coutume d'habiter sur des chariots.
Dans le second, nous voyons mentionné, pour la
première fois, le nom des *Scythes*. Ces deux fragments ont pour origine le passage d'Homère, comme
le choix des mots l'indique fort clairement. Mieux
encore, nous pouvons constater qu'Hésiode attri-
buait dans ces passages à ἱππημολγῶν le rôle d'un
adjectif, et à γλακτοφάγων le rôle d'un nom propre, ce
que ne recommandait point l'emploi de ces mots par
Homère. S'il faut véritablement penser dans l'Iliade
à des Scythes, peuple nomade, convenons alors que
ce peuple a été encore plus connu par Hésiode,
d'autant que, dans l'intervalle, se répandit le nom
grec[1] de Σκύθαι, qu'Homère a pu ne pas connaître.
C'est Hésiode également qui a mentionné, le premier, les Griffons, γρῦπες, supposés en Scythie[2].
Quant aux Abiens équitables, il ne nous est mal-
heureusement parvenu à leur sujet aucun fragment
hésiodique. Sans cela, il est probable que nous
aurions trouvé sur leur compte des renseignements
plus exacts, et que nous les aurions vu reconnaître
comme Scythes. Dans l'état actuel, nous ne pouvons pas décider si le poète homérique a voulu employer Ἀβίων, nom propre, ou ἀβίων, adjectif; car,
étant donné l'obscurité d'une question remontant à
des temps si reculés, il va sans dire qu'on ne peut
rien conclure, ni des nombreuses tentatives d'inter-

1. D'après Hérod. 4, 6.
2. Hés. *frag.* 191.

prétation faites par les grammairiens postérieurs, ni davantage du passage d'Eschyle que nous citerons plus bas. La seule conclusion qu'il soit permis de tirer est la suivante : puisque nous allons bientôt entendre vanter par des écrivains postérieurs l'équité des Scythes, puisque les noms des ἱππημολγοί ou des γλακτοφάγοι d'Homère désignent des coutumes que nous rencontrons plus tard chez les Scythes, il est permis de croire qu'on regardait déjà, dans des temps très reculés, cette appellation de δικαιότατοι comme un attribut aussi bien que ἱππημολγοί et γλακτοφάγοι, soit que l'on ne vît dans ἄβιοι qu'une nouvelle épithète au sens plus étendu de ces peuples-là[1], soit que l'on ait vu, à l'exemple d'Eschyle, dans Ἄβιοι, un nouveau nom de peuple qui, cependant, désigne une nation apparentée à la précédente. Dans ce dernier cas, δικαιότατοι s'appliquerait également aux deux peuples.

Cependant, dans ce chaos d'opinions, les Scythes, qui eurent bientôt avec les Hellènes d'étroites relations à partir de la fondation des premières colonies de la mer Noire[2], trouvèrent cet avantage d'être l'objet, parmi les Grecs, d'un préjugé favorable. Et ce préjugé survécut, en dépit d'autres mythes (comme le mythe d'Iphigénie en Tauride)[3], où ils

---

1. C'est sur cette explication qu'on s'est bravement escrimé, comme le prouvent les scholies de ce passage.

2. VIIIe siècle av. J.-C.

3. Les Tauriens doivent à ce mythe d'avoir, dans toute l'antiquité presque sans exception, la réputation d'hommes grossiers, cruels, voleurs, inhospitaliers, etc. Par exemple déjà dans les pays homériques, dans la vaste Hypérie, les

étaient dépeints sous les traits de barbares remplis
de cruauté, et bien que les relations qu'on avait
avec eux les fissent reconnaître comme un peuple
très rude et très sauvage, pervers, paresseux, mal-
propre et adonné à l'ivrognerie. Cependant, au temps
de Solon, l'apparition du sage scythe Anacharsis[1]
produisit une puissante réaction contre le mépris
qu'on avait pour eux[2]. La poésie, en général, suit
fidèlement Homère, mais il y a pourtant des excep-
tions[3]. En prose, nous trouvons des divergences
chez les historiens, selon qu'ils se sont formé une
opinion sur chaque peuple par des voyages et par la
connaissance réelle du monde, ou que, vivant dans
le domaine de la littérature et de la fantaisie, ils
suivent la tradition homérique. Parmi les premiers,
je place avant tous les autres Hérodote, parmi les
derniers Éphore. Déjà, dans Hellanicos, et même
dans Eschyle, la confusion des idées sur les Scythes
et des idées sur les Hyperboréens commence à se
produire : mais chacune de ces deux idéalisations
conservait encore un développement particulier qui

pieux Phéaciens habitaient près des Cyclopes sauvages, qui
ravageaient leurs terres et les surpassaient en force :

ἀγχοῦ Κυκλώπων, ἀνδρῶν ὑπερηνορεόντων,
οἵ σφεας σινέσκοντο, βίηφι δὲ φέρτεροι ἦσαν. *Od.* 6, 5.

1. Sur Anacharsis, voir : Hérod., 4, 76. Sosicrate *ap.*
Diog. Laert., 1, 101. — Bohren, *de septem sapientibus*, p. 31. Trad.
2. En l'honneur d'Anacharsis, Curtius (*Hist. grecque*, trad.
Bouché-Leclercq, tome 1, p. 518 et 579) n'est pas le seul à
reconnaître les Scythes capables d'une culture supérieure ;
saint Augustin lui-même (*De civ. Dei* 8, 9) les nomme parmi les
peuples qui possédaient la vraie sagesse. Voir Strabon 7, 301.
3. Par exemple Anacréon, quand il parle avec dégoût (*Frag.*
61) de la Σκυθικὴ πόσις, de l'intempérance des Scythes.

ne manque pas d'intérêt, et de plus en plus se substituait au mythe homérique, remplaçant, dans la carte du pays des rêves, l'Occident d'Homère par les contrées du Septentrion[1].

§ 3. **Eschyle.** — Eschyle suit la tradition homérique : il mentionne souvent les Scythes comme des modèles d'équité dans les passages suivants : 1° Dans le fragment 192[2] : Ἀλλ' ἱππάκης βρωτῆρες, εὔνομοι[3] Σκύθαι, le poète rapportant ainsi aux Scythes à la fois le γλακτοφάγοι et le δικαιότατοι d'Homère. 2° De même dans le passage des *Euménides*[4] où Athéna accompagne la création du tribunal de l'Aréopage de ces mots : « Laissez donc tout son prestige légitime à ce tribunal, véritable soutien du droit et du bonheur

> ...οἶον οὔτις ἀνθρώπων ἔχει,
> οὔτ' ἐν Σκύθαισιν οὔτε Πέλοπος ἐν τόποις.

Seul, l'Aréopage d'Athènes surpassera Sparte et la Scythie, ces deux pays vantés ici comme les asiles de la justice! Il conviendra de citer encore un frag-

---

1. Dès lors, Leuké (aujourd'hui île des Serpents), dans la mer Noire, passe aussi pour une île fortunée. Pline *H. N.* 4, 93.

2. Nauck. Dans Strabon 7, 301.

3. Car on peut en tout cas, avec Strabon, rendre εὔνομοι par *régis par de bonnes lois*, et non comme on le rend parfois par *possédant de bons pâturages*, puisque même Athénée dit encore 12, 524 c. Μόνον δὲ νόμοις κοινοῖς πρῶτον ἔθνος ἐχρήσατο τὸ Σκυθῶν. Mais, y aurait-il eu dès l'origine pareille confusion entre le peuple *le plus juste*, et un peuple *possédant de bons pâturages*? C'est une simple question que je pose ici.

4. *Eumén.* v. 705 sqq.

ment du poète épique Chœrilos de Samos, contemporain d'Euripide[1] :

μηλονόμοι τε Σάκαι, γενεῇ Σκύθαι· αὐτὰρ ἔναιον
Ἀσίδα πυροφόρον. Νομάδων γε μὲν ἦσαν ἄποικοι,
ἀνθρώπων νομίμων.

Les Abiens homériques eux-mêmes sont cités
par Eschyle, quoique leur nom, comme le donne
Étienne de Byzance[2], soit changé en Γάδιοι par suite
d'une explication étymologique[3]. Eschyle dit[4] :
« Puis tu aborderas chez un peuple *juste entre
tous*, chez les Gabiens, des mortels les plus hospitaliers. Là, point de charrue, de terre à éventrer,
de râteau à déchirer la glèbe. De lui-même le sillon
se féconde, et amplement fournit à la nourriture
de l'homme[5]. »

Dans ces vers, nous trouvons, en plus de l'équité
des Abiens homériques, l'hospitalité, vertu qui jusqu'ici n'avait été relevée ni chez les Scythes ni chez
les Hyperboréens[6], et un tableau de l'aimable fer-

1. Dans Strabon 7, p. 303.
2. Voir plus loin.
3. Il faut comprendre γα–διοι, ceux qui vivent des fruits de
la terre, et qui ne se nourrissent pas de viande. C'est ce que
Hellanicos dit des Hyperboréens, et Éphore des Scythes.
Sur ces commentaires des anciens, voir dans les scholies et
dans Eustathe sur *l'Iliade*, ch. 13, v. 6.
4. *Prométhée délivré, Frag.* 190 N.
5. Trad. Bouillet.

Ἔπειτα δ' ἥξεις δῆμον ἐνδικώτατον
[βροτῶν] ἀπάντων καὶ φιλοξενώτατον,
Γαβίους, ἵν' οὔτ' ἄροτρον οὔτε γατόμος
τέμνει δίκελλ' ἄρουραν, ἀλλ' αὐτόσποροι
γύαι φέρουσι βίοτον ἄφθονον βροτοῖς.

6. D'où vient cette nouvelle qualité? Serait-ce du mot
εὔξεινος πόντος? On ne sait.

tilité du sol (en Scythie!), fertilité comparable à celle des îles Fortunées ou du pays des Hyperboréens[1]. Ici, par conséquent, apparaît pour la première fois la confusion, qui deviendra bientôt plus significative encore, des Scythes et des Hyperboréens. Eschyle même parle de ces derniers comme des plus heureux des êtres :

$$\text{Μεγάλης δὲ τύχης καὶ ὑπερβορέου}$$
$$\text{μείζονα φωνεῖς}^2.$$

§ 4. **Pindare.** — Dans la dixième *Pythique*, Pindare, d'accord en cela avec Eschyle, dépeint, avec tout l'éclat de son style grandiose, les Hyperboréens, le peuple d'Apollon qui habite auprès des sources ombragées de l'Ister[3]. « Le dieu, auquel ils offrent des ânes en pompeuse hécatombe[4], rit en voyant la lubrique insolence de ces animaux. Le culte des muses n'est pas étranger aux Hyperboréens; de tous côtés, les chœurs des jeunes filles s'unissent aux accents de la lyre et aux doux sons des flûtes, et, couronnés de lauriers d'or, ils se livrent à la joie des festins. Cette race sacrée ne connaît ni les maladies ni la vieillesse[5]; elle vit loin des travaux et des combats, sans redouter les

1. Pindare.
2. *Choéph.* 373. Réponse du chœur à Électre déplorant que son père n'ait pu voir ses meurtriers victimes eux-mêmes du sort qu'ils réservaient à Agamemnon. Trad.
3. *Ol.* 3, 14. Ἴστρου ἀπὸ σκιαρᾶν παγᾶν.
4. *Pyth.* 10, 33. κλειτὰς ὄνων ἑκατόμβας.
5. C'est pourquoi Strabon dit 15, 711 : περὶ δὲ τῶν χιλιετῶν Ὑπερβορίων τὰ αὐτὰ λέγει (ὁ Μεγασθένης) Σιμωνίδῃ καὶ Πινδάρῳ καὶ ἄλλοις μυθολόγοις. Ce Mégasthène place d'ailleurs les Hyperboréens dans les Indes.

vengeances de Némésis[1]. Nul mortel, ni par terre, ni par mer, ne peut trouver la route merveilleuse qui conduit dans les cités de ces peuples[2]. »

Plus semblables à des héros qu'à des mortels, ils nous rappellent les Phéaciens par certains traits, ces Hyperboréens qui nous apparaissent dans un lointain plein de mystère auprès des sources ombragées, c'est-à-dire, auprès des sources mythiques de l'Ister; car, le cours véritable de ce fleuve qui coule à l'extrême septentrion étant encore ignoré ou en tout cas négligé, son cours présumé était souvent comparé à celui du Nil : l'un venait du Sud, l'autre du Nord[3], tous deux sortaient de sources inconnues. En résumé, l'hymne homérique[4] se bornait à parler des Hyperboréens comme d'un peuple très éloigné. Eschyle[5] représente leur pays comme voisin du pays des Scythes, Pindare les place auprès des sources mystérieuses de l'Ister.

§ 5. **Hellanicos.** — A la même époque vivait le logographe Hellanicos de Mitylène. La poésie

1. *Pyth.* 10, 37. Μοῖσα δ' οὐκ ἀποδαμεῖ
  τρόποις ἐπὶ σφετέροισι· παντᾷ δὲ χοροὶ παρθένων
  λυρᾶν τε βοαὶ καναχαί τ' αὐλῶν δονέονται·
  δάφνᾳ τε χρυσίᾳ κόμας ἀναδήσαντες εἰλαπινάζοισιν εὐφρόνως.
  Νόσοι δ' οὔτε γῆρας οὐλόμενον κέκραται
  ἱερᾷ γενεᾷ· πόνων δὲ καὶ μαχᾶν ἄτερ
  οἰκέοισι φυγόντες
  ὑπέρδικον Νέμεσιν.

2. *Id.* 29. Ναυσὶ δ' οὔτε πεζὸς ἰὼν ἂν εὕροις
  ἐς Ὑπερβορέων ἀγῶνα θαυματὰν ὁδόν.

3. Hérodote (2, 33 et 34) établit entre les deux fleuves une comparaison en règle. Trad.

4. Voir § 2, p. 15. *Hymne* 7, v. 28.

5. *Frag.* 191.

élevée d'alors s'arrêtant avec complaisance autour de conceptions aussi grandioses, mais d'une valeur psychologique aussi insignifiante, Hellanicos s'est arrêté aussi autour des Hyperboréens pour les décrire. Clément d'Alexandrie dit à ce propos[1] : Τοὺς δὲ Ὑπερβορέους Ἑλλάνικος ὑπὲρ τὰ Ῥιπαῖα ὄρη οἰκεῖν ἱστορεῖ· διδάσκεσθαι δὲ αὐτοὺς δικαιοσύνην, μὴ κρεωφαγοῦντας ἀλλ' ἀκροδρύοις χρωμένους. Il donnait donc peut-être encore sur eux des renseignements plus étendus.

Nous voyons, d'après ces mots de Clément d'Alexandrie, qu'Hellanicos fixe, comme Eschyle, la demeure des Hyperboréens; en effet, le scholiaste d'Apollonius de Rhodes[2] fait la remarque suivante : Τὸν Ἴστρον φησὶν ἐκ τῶν Ὑπερβορέων καταφέρεσθαι καὶ τῶν Ῥιπαίων ὀρῶν. Οὕτω δὲ εἶπεν ἀκολουθῶν Αἰσχύλῳ ἐν λυομένῳ Προμηθεῖ λέγοντι τοῦτο[3]. Mais ces monts Rhiphées étaient la partie la plus septentrionale de la terre, c'étaient les *Pays de la Nuit*, comme l'indique Alcman dans la plus ancienne mention connue qui en soit faite[4] :

Ῥιπᾶν ὄρος ἀνθέον ὕλα,
νυκτὸς μελαίνας στέρνον.

et Sophocle[5] :

1. *Stromat.* 1, p. 305 c., le passage répété dans *Theodoretus de Græcorum affectibus curandis disp.* 12, vol. 4, p. 1024 sqq. éd. Schulz (C. Mueller, *Fragm. histor. gr.*, Didot 1, p. 58), avec l'addition de ces mots : Ἑλλάνικος ἐν ταῖς Ἱστορίαις (*Frag.* 96, Didot). Damastes, disciple d'Hellanicos (voir Suidas), plaçait les Hyperboréens au delà des monts Rhiphées (Étienne de Byzance).

2. *Sch.* Apol. de R. 4, 284.

3. *Frag.* 191. N.

4. Alcm. *frag.* 51, p. 645,

5. *Œd. à Col.* 1248. — Rapprochez encore Sophocle (*Frag.* 658), Orithyie enlevée par Borée νυκτὸς ἐπὶ πηγάς. Trad.

Αἱ δ᾽ ἐννυχιᾶν ἀπὸ ῥιπᾶν.

C'est donc dans cette montagne qu'on se représentait dès lors les sources ombragées de l'Ister[1], et, au-delà, on plaçait les Hyperboréens habitant dans la plus pure lumière[2].

En second lieu, dans les mots διδάσκεσθαι δὲ[3] δικαιοσύνην, qu'on peut croire inspirés du δικαιότατοι d'Homère, Hellanicos confond, comme faisait Eschyle, les Scythes et les Hyperboréens.

Enfin, il dit de ces derniers : *Ils ne mangent point de viande et se nourrissent des fruits des arbres.* Comment cela s'accorde-t-il avec le γλακτοφάγοι d'Homère? Voici. Homère a voulu marquer une habitude caractéristique qui frappait un Grec : l'habitude de se nourrir de beurre et de fromage; mais il n'a pas prétendu dire que ce peuple s'interdisait toute autre nourriture; il eût été d'ailleurs fort invraisemblable qu'un peuple aussi riche en troupeaux eût dédaigné la viande. Je présume que la doctrine de Pythagore, florissante au temps d'Hellanicos, a été pour beaucoup dans l'imputation de cette vertu d'un nouveau genre. On sait que Pythagore enseignait qu'il est bon de s'abstenir de la chair des animaux; de plus, il était personnellement en rapport avec le mythe hyperboréen[4], puisqu'on le nommait

1. Voir plus haut I, § 4, p. 22.
2. Voir l'excursus.
3. Theodoretus porte ἀσκεῖν δὲ.
4. Voir dans Jambl. 135, 140, 141, qui répète Porphyr., 28, les récits sur l'amitié de Pythagore et de son hôte le devin Scythe Abaris. Voir aussi, au sujet de ce dernier. Paus. 3, 13, 2. Trad.

l'Apollon : Ἀπόλλων ἐξ Ὑπερβορέων ἀφιγμένος[1]. Il est naturel, par conséquent, que l'idéal des Pythagoriciens ait été transporté chez les peuples primitifs que la littérature transfigurait. La chose est d'autant plus vraisemblable, comme on le constatera bientôt, que l'on croyait également réalisé chez les Scythes un autre rêve pythagoricien : la communauté des biens. C'est ainsi que, dans ces mythes, se glissaient des idées contemporaines[2].

Avant d'aborder la description détaillée qu'Hérodote a faite des Scythes, je vais exposer en résumé l'état de la question :

Dans l'Iliade, nous avons trouvé les Abiens, peuple très juste qui se nourrit du lait des juments. Dans Hésiode, le nom des Scythes s'est joint à celui des Abiens avec un détail nouveau sur la vie nomade de ces peuples qui habitent des chariots. Hésiode et le poète des hymnes homériques connaissent les lointains Hyperboréens. Tandis qu'Anacréon censure la grossière ivrognerie des Scythes, Eschyle vante la justice de ces mêmes Scythes qui se nourrissent de fromage, la justice et l'hospitalité des Gabiens auxquels la terre prodigue ses fruits sans qu'ils la cultivent. Par là ces peuples se rapprochent des bienheureux Hyperboréens que vantent Eschyle, Pindare et Hellanicos ; ils ne mangent pas de viande[3] et ils habitent sur les monts Rhiphées auprès des sources de l'Ister[4]. L'idéalisation prend ainsi pro-

1. Aristote dans Élien, *Varia hist.* 2, 26. Diog. Laert. 8, 1, 11 et autres.
2. Comparez plus bas, p. 29, Hérodote sur les Argempéens.
3. D'après Hellanicos.
4. D'après Eschyle et Pindare.

gressivement un caractère spécial, qu'elle ne paraît devoir dans ces temps heureux qu'à un besoin de conceptions plus hautes et plus graves : rien en effet ne trahit chez les écrivains la moindre intention satirique, c'est-à-dire le moindre désir de peindre, de parti pris, les vertus d'un peuple lointain, pour les opposer au tableau des vices de leur propre nation.

§ 6. Hérodote. — L'historien des guerres médiques, Hérodote, appartient à l'âge qui suivit le temps de Marathon. C'est à lui que nous devons la première description convenable des Scythes[1], ainsi que la première exposition passable des croyances hyperboréennes de Délos[2]. Sur ce dernier sujet, Hérodote se tient dans une réserve pleine d'incrédulité; c'est que, comme il le dit lui-même[3], les Scythes, au nord desquels les Hyperboréens devaient habiter, ne savent absolument rien sur leur compte, *si ce n'est peut-être les Issédoniens*. Mais, déjà avec ce corollaire, il abandonne le terrain des certitudes. Que sont donc les Issédoniens? Partout on semble[4] les regarder comme un peuple ayant réellement existé. Et pourtant que cette croyance est hasardeuse! D'abord c'est le poète Alcman qui les mentionne le premier; le même poète qui, pour la première fois, désigne sous le nom de Ἀσσεδόνες[5] les légendaires monts Rhiphées, et cela vers l'an 600

1. Hér. 4, 1 sqq.
2. *Id.* 4, 32 à 35.
3. *Id.* 4, 32.
4. Ukert lui-même, par exemple p. 33, 569 sqq.
5. *Frag.* 135 B.

av. J.-C., c'est-à-dire en un temps où l'on ne pouvait encore rien savoir de l'extrême nord. Après Alcman vient, avec le poème intitulé Ἀριμάσπεια [1], le garant fantastique d'Hérodote, Aristée le Proconnésien, sous le nom duquel circulaient les récits merveilleux les plus extraordinaires [2]. Dans ce poème, il racontait de lui-même les choses les plus étonnantes; entre autres que, dans un accès d'enthousiasme suscité par Apollon [3], il serait allé chez les Issédoniens, habitants des contrées les plus éloignées que l'on puisse atteindre [4], et de leur bouche il aurait appris tout ce qu'il racontait. Voilà la fiction poétique sur laquelle Hérodote édifie sa description des peuples lointains du Nord. L'emploi de pareils matériaux n'est point une recommandation pour l'historien : il rend sa véracité très suspecte. Des écrivains postérieurs à Hérodote placent les Issédoniens tantôt ici, tantôt là. Ptolémée, en dernier lieu, les place dans l'extrême Orient vers Serica [5], dans un pays dont Hérodote ne soupçonnait même pas l'existence.

Ainsi donc, ce qu'Hérodote dit au sujet des Issédoniens, et ce qu'il fait dire à ces peuples, au sujet des Scythes leurs voisins, n'a aucun fondement historique. Par contre, ce qu'il raconte des Scythes et même des Hyperboréens a la plus grande impor-

1. Voir sur l'Arimaspée quelques lignes intéressantes de O. Mueller, *Hist. de la litt. grecque*, trad. Hillebrand 2, p. 228. Trad.

2. Hér. 4, 14.

3. *Id.* 4, 13. φοιβόλαμπτος γενόμενος.

4. *Id.* 4, 13 et 16.

5. Chine.

tance. Pour ce qui est des Hyperboréens, ils étaient tenus en estime particulière par les habitants de Délos, qui chantaient à leur louange un hymne composé par Olen, un ἀὴρ Λύκιος (ἢ Ὑπερβόρειος, dit Suidas). Quant aux qualités idéales des Hyperboréens tant vantées par Pindare et d'autres poètes, Hérodote n'en souffle mot, si ce n'est au chapitre 13 où, d'après Aristée, il les représente comme des hommes très pacifiques; en général il parle d'eux comme si, en dehors du mythe religieux de Délos, il ne croyait pas à leur existence.

Hérodote n'idéalise pas non plus les Scythes. Ses récits paraissent reposer sur des informations exactes, et sont généralement composés *sine ira et studio*. Il faut toutefois excepter, comme nous l'avons déjà dit, les tribus les plus septentrionales dont la description est empruntée à Aristée et renferme des passages de pure imagination. Par exemple, les Issédoniens : *d'ailleurs,* dit-il, *comme leurs voisins, ils sont réputés justes*[1]; *et chez eux les femmes ont autant d'autorité que les hommes.* Le premier de ces traits est emprunté à Homère, le second aux coutumes des Sauromates du Mæotis[2]. Par exemple encore les Argempéens qui paraissent dépeints d'après Aristée[3]. Ce peuple aux cheveux rasés, qui se

1. Hér. 4, 26. ῎Αλλως δὲ δίκαιοι καὶ οὗτοι λέγονται εἶναι.
2. *Id.* 4, 116.
3. Hér. 4. 23. λέγονται εἶναι κ. τ. λ. — Τούτους οὐδεὶς ἀδικίει ἀνθρώπων· ἱροὶ γὰρ λέγονται εἶναι. Οὐδέ τι ἀρήιον ὅπλον ἐκτέαται· καὶ τοῦτο μὲν τοῖσι περιοικέουσι οὗτοί εἰσι οἱ τὰς διαφορὰς διαιρέοντες, τοῦτο δὲ, ὅς ἂν φεύγων καταφύγῃ ἐς τούτους, ὑπ' οὐδενὸς ἀδικίεται. Οὔνομα δέ σφι ἐστὶ Ἀργεμπαῖοι. — C'est ainsi que H. Stein, dans son édition, rétablit ce dernier mot; c'est la meilleure leçon

nourrissait des fruits des arbres[1], comme les Hyperboréens d'Hellanicos, et qui n'avait guère de troupeaux, était réputé sacré. On le choisissait pour arbitre ; il terminait les différends de ses voisins ; il offrait aux fugitifs un sûr asile ; il ne repoussait pas la force par la force, ne possédant aucune arme de guerre, et malgré cela n'essuyait jamais aucune insulte.

Mais arrivons enfin aux Scythes. Hérodote en parle avec une froideur visible. Sans doute il reconnaît qu'ils comptent parmi eux le sage Anacharsis[2], qu'ils sont très avisés, car, vivant sur des chariots[3], et se nourrissant du produit de leurs troupeaux et non de l'agriculture, ils peuvent s'éloigner rapidement avec tout leur avoir, ce qui les rend inattaquables. Mais, à part cela, c'est tout au plus s'il mentionne leur culte pieux pour les tombeaux de leurs ancêtres [4] ; τὰ μέντοι ἄλλα οὐκ ἄγαμαι, dit-il, il ne perd pas son temps à vanter leur loyauté ni leurs autres qualités. Au contraire, il rapporte maints détails qui décèlent chez ce peuple la plus grande cruauté, comme les sacrifices humains, l'anthropophagie, et même la coutume de boire dans le crâne de parents qu'ils haïssaient et qu'ils ont tués, et de se vanter auprès de leurs hôtes de semblables horreurs[5]. Les mœurs des Massagètes, qu'Hérodote ne

pour Ἀγριππαῖοι des meilleurs manuscrits, Ὀργεμπαῖοι de Zénobius, *Aremphæi* de Méla.

1. Ζώοντες ἀπὸ δενδρέων.
2. Hér. 4, 46.
3. *Id.* φερέοικοι ἐόντες.
4. *Id.* 4, 127.
5. *Id.* 4, 64 et 65.

considère pas comme des Scythes[1], sont toutes pareilles. Je cite sur les Massagètes le passage qu'on va lire, d'abord parce qu'il donne une idée de ce que les Hellènes pensaient des Scythes, ensuite parce qu'il faudra plus loin revenir là-dessus[2] : « Chacun épouse une femme, mais ils usent de toutes en commun. Les Grecs disent qu'ainsi font les Scythes ; mais ce ne sont pas les Scythes, ce sont les Massagètes. » Quant au peuple qui avoisine les Scythes à l'Ouest, les Agathyrses, Hérodote nous raconte que chez eux les femmes sont en commun ; il est vrai qu'il ajoute cette réflexion qui idéalise : « que c'est afin d'être tous frères, et, étant si proches, de n'éprouver les uns contre les autres ni haine ni envie[3]. »

§ 7. **Thraces et Gètes**. — Tandis qu'Hérodote idéalise les productions des pays les plus lointains[4], tandis qu'il place en Éthiopie les meilleurs des hommes, il n'a pas, en ce qui concerne les Scythes, le moindre désir d'idéaliser en eux un peuple éloigné. Toutefois, avec la description de la race thraco-gétique[5], il introduit un élément nouveau. Cette race, sans doute, n'est pas absolument de la même famille que les Scythes, mais, pour des

1. *Id.* 1, 215.
2. Γυναῖκα μὲν γαμέει ἕκαστος, ταύτῃσι δὲ ἐπίκοινα χρέωνται. Τὸ γὰρ Σκύθας φασὶ ῞Ελληνες ποιέειν, οὐ Σκύθαι εἰσὶ οἱ ποιέοντες, ἀλλὰ Μασσαγέται. 1, 216.
3. ῞Ινα κασίγνητοί τε ἀλλήλων ἔωσι καὶ οἰκήϊοι ἐόντες πάντες μήτε φθόνῳ μήτε ἔχθει χρέωνται ἐς ἀλλήλους. 4, 104.
4. L'Inde, 3, 106 ; les contrées extrêmes qui enserrent le reste de la terre. *Id.* 116.
5. Hér. 4, 93 sqq. 5, 3 sqq.

Hellènes, les deux peuples étant du Nord, doivent, par cela même, être regardés comme étroitement unis par des liens de parenté. Cette opinion devait prendre d'autant plus de crédit que les deux peuples présentaient un grand nombre de coutumes semblables et de traits communs : ils étaient ὅμοροί τε καὶ ὁμόσκευοι[1]; les uns et les autres, Scythes et Thraces, avaient des passions violentes[2], étaient enclins à l'ivrognerie[3], vivaient de lait et de fromage[4]; les uns et les autres, les Scythes[5] aussi bien que les Thraces[6], buvaient dans le crâne des ennemis qu'ils ont tués; les Thraces se tatouaient[7] comme les Agathyrses[8], les Sarmates[9] et les Gélons[10]; quant à la coutume de se faire soi-même des blessures, Ammien[11] l'attribue aux Thraces; Hérodote[12] et Méla[13] aux Scythes; d'autres l'attribuent aussi aux Mèdes et aux Lydiens. La guerre était en particulier la plus noble des occupations pour les Thraces[14] et pour les Scythes[15]. Étant donné ces

1. Thucyd. 2, 96.
2. Platon, *Rép.* 4, 435 e, blâme chez eux τὸ θυμοειδές.
3. Platon et autres.
4. D'où l'épithète donnée aux Gètes γαλακτοπόται, Colum. 7, 2, 2.
5 Hér. 4, 65.
6. Florus 1, 39. Ammien 27, 44.
7. Hér. 5, 6.
8. Virg. *Én.* 4, 146. Méla 2, 10.
9. Pline 22, 2.
10. Virg. *Géorg.* 2, 115.
11. Am. 27, 4, 9.
12. Hér. 4, 70.
13. Méla 2, 12.
14. Hér. 5, 6.
15. *Id.* 2, 167 sqq. Voir encore Ukert, p. 304.

traits de ressemblance et d'autres encore, il ne faut pas s'étonner de voir présenter certaines tribus tantôt comme thraces, tantôt comme scythes, par exemple les Amazones[1], les Abiens[2] et les Trauses[3]. Les poètes latins emploient indistinctement le nom des deux races lorsqu'ils ont à faire allusion aux froids du Nord ou à la barbarie de peuples toujours en guerre.

La race thrace se distinguait en même temps par la grande force d'expansion de sa foi religieuse et de son culte. L'Iliade, qui appelle les Thraces « les guerriers habiles à conduire les chevaux », cite également le chantre thrace Thamyris[4]; à Thamyris s'ajoutèrent, dans la légende grecque, d'autres artistes inspirés et des poètes de même famille, revêtus d'un caractère sacré, comme Eumolpe et Orphée, les chantres-prêtres, les fondateurs des saints Mystères, que les Grecs des âges suivants croyaient issus de la même nation thrace. La piété des Thraces, et plus particulièrement celle des Gètes, est décrite par Hérodote[5]. « Ils croient, dit l'historien, à l'immortalité de l'âme; ils imaginent que celui qu'ils perdent ne meurt pas, mais va retrouver le dieu Zamolxis. » Puis, Hérodote rapporte un trait d'un exclusivisme entièrement étranger à l'anti-

---

1. Thraces d'après Arctinos et Virgile, *Én.* 11, 659; scythes d'après la généralité des auteurs.

2. Scythes d'après Eustathe par exemple, thraces d'après Étienne de Byzance.

3. Thraces d'après Hérod. 5, 3; scythes d'après Hésychios et Suidas.

4. *Il.* 2, 595.

5. Hér. 4, 93 sqq.

quité : « Ces mêmes Thraces ne pensent pas qu'il existe un autre dieu que le leur[1]. » Du reste, il les loue aussi comme les plus vaillants et les plus justes des Thraces[2]. — On pourrait trouver, dans cette croyance en une vie future auprès du dieu Zamolxis, une certaine ressemblance avec la doctrine de Pythagore sur la métempsychose, d'autant plus que les Hellènes, qui demeurent sur l'Hellespont et le Pont-Euxin, racontaient, soit pour se moquer de la croyance des Thraces, soit pour en rabaisser la grandeur, que Zamolxis était un ancien esclave de Pythagore, qui, par ses faux miracles, s'était fait respecter chez les Thraces[3] comme un dieu.

Comme les Gètes, les Hyperboréens jouissaient du renom de peuple pieux. Aussi, le culte présente-t-il chez ces deux nations ce trait commun, à savoir que le κιθαρίζειν y occupait une place importante[4]. Il serait fort étonnant, après cela, qu'on n'eût pas transporté aux Scythes le renom de piété des deux peuples voisins[5]. C'est ce que nous ne trouvons encore nulle part dans Hérodote ; mais déjà Éphore[6] les appelle εὐσεβῆ πάνυ. D'après Lucien[7], les Scythes se croient immortels, et, après leur mort, se rendent auprès de Zamolxis ; et même, dans

1. Hér. 1, 91. Οὐδένα ἄλλον θεὸν νομίζοντες εἶναι εἰ μὴ τὸν σφέτερον.
2. *Id.* 1, 93. Θρηίκων ἐόντες ἀνδρηϊότατοι καὶ δικαιότατοι.
3. *Id.* 4, 95.
4. Pour les Hyperboréens, voir : Pind. *Pyth.* 10. Diod. 2, 47. Élien, *Hist. anim.* 11, 1 ; pour les Gètes, Théopomp. *frag.* 244, Didot. Jornandès *De r. Get.* et Étienne de Byz.
5. Voir Platon, *Charmidas*, 158 a.
6. Voir plus bas, 1, § 9, p. 39.
7. *Scyth.* 1, 4.

un excellent article de Suidas[1], Zamolxis serait devenu un Scythe qui a enseigné les Thraces.

§ 8. Ctésias. — Pendant quelque temps, on ne trouve plus aucune idéalisation des peuples du Nord : l'histoire sévère de Thucydide ne se prêtait pas à de semblables fantaisies, et, dans les dialogues de Platon, où nous serions en droit de les attendre, nous n'en rencontrons pas la moindre trace[2]. Cependant, comme on le verra à propos d'Éphore, l'influence des doctrines platoniciennes ne tarda pas à se faire sentir. Et d'abord, chez Ctésias, dont la véracité est, on le sait, controversée encore aujourd'hui[3], nous trouvons une idéalisation nouvelle : c'est, pour la première fois, l'idéalisation du Nord-Est, car, depuis les guerres Médiques, on sut positivement à quelle prodigieuse distance les Scythes s'étendaient du côté de l'Orient. « Les Dyrbéens, dit Ctésias dans le dixième livre des Περσικά[4], peuple septentrional, voisin des Bactriens et des Indiens, sont des gens heureux, riches et très justes[5]; ils ne font de tort à personne; ils ne tuent personne; ils n'emportent pas ce qu'ils trouvent sur le chemin; ils ne cuisent pas de pain de froment, mais mangent de légers gâteaux d'orge et des fruits; ils n'ont aucune loi en dehors de celles qui régissent le culte divin. »

1. Voir au mot Ζάμολξις.
2. Dans l'*Euthydème* 299 e, φασὶ τούτους εὐδαιμονεστάτους εἶναι Σκυθῶν κ. τ. λ. ne signifie pas les plus heureux, mais les plus riches des Scythes.
3. Voir le jugement très sévère de Curtius sur Ctésias. *Hist. grec.*, trad. Bouché-Leclercq, tome 5, p. 171. Trad.
4. Δυρβαῖοι, voir Étienne de Byzance.
5. Κάρτα δίκαιοι.

§ 9. **Éphore**. — Avec ce portrait, tracé à la fois d'après les δικαιότατοι d'Homère et d'après les Hyperboréens, s'accorde parfaitement l'idéalisation des Scythes faite par Éphore, le célèbre disciple d'Isocrate. La grande influence que ses substantielles Ἱστορίαι exercèrent sur toutes les histoires postérieures en font pour nous une autorité du plus grand poids, d'autant qu'il paraît, pour la première fois et comme avec un dessein parfaitement arrêté, avoir embrassé dans leur ensemble les questions qui nous intéressent. Nous sommes bien en droit de rechercher la cause de ce phénomène frappant. Comment se fait-il qu'Éphore, écrivain sensé et froid, nullement enclin aux rêveries sentimentales, auquel, il est vrai, on peut reprocher quelques erreurs, mais qui, malgré cela, jouissait d'une réputation méritée de scrupuleuse véracité, et qui, pour produire un effet, n'écrivit ni ne tut jamais rien, comment se fait-il, je le demande, qu'Éphore se soit laissé entraîner à entreprendre l'idéalisation des Scythes nomades? Je crois pouvoir être en état de répondre ainsi à cette question : Éphore obéissait à des scrupules déplacés. En effet, il est le premier des grands historiens qui ait appris à connaître le monde uniquement dans les livres; le passé lui disait plus que le présent[1].

---

1. Isocrate, on le sait, poussait Éphore à se consacrer à l'étude du passé, et conseillait à Théopompe l'étude du présent. — Aussi Théopompe, dans ses libres fantaisies sur les hommes qui habitent par delà les bornes de la terre, ne nomme guère qu'une fois les Hyperboréens et pour les railler (*frag.* 76. Didot) : «Les habitants de sa ville Μάχιμος vinrent une fois sur notre terre, et abordèrent chez les Hyperboréens;

Éphore lut et cita de nombreux écrivains, en particulier des poètes, dont il pensait, par une exactitude mal entendue, utiliser les œuvres comme documents historiques. Quoi de plus naturel, avec ces idées, que chaque mot d'Homère, qui, non-seulement pour Éphore, mais encore pour l'antiquité tout entière, était le plus grand des poètes, fût considéré par lui comme parole d'évangile? Le voilà donc devançant déjà, de ce côté, les recherches homériques des écoles d'Alexandrie et de Pergame. Pour en revenir à nos Scythes, c'est le passage de l'Iliade sur le *δικαιότατοι ἀνθρώπων*[1] qui a servi principalement de point de départ à ses récits.

Strabon[2] nous expose les vues d'Éphore de la manière suivante : « Dans le quatrième livre de son histoire qui a pour titre *Europa*, Éphore passe en revue l'Europe entière jusqu'à la Scythie, et dit en terminant : Les mœurs des Scythes et aussi celles des Sarmates sont loin d'être uniformes, car les uns sont si sauvages qu'ils mangent même de la chair humaine; les autres, au contraire, s'abstiennent même de la viande des animaux. Or, dit Éphore, les autres écrivains s'étendent sur la barbarie de ces peuples, car ils savent bien que des récits si terribles et si merveilleux font grande impression sur les esprits, mais il faudrait donner aussi la contrepartie et appuyer d'exemples les beaux traits qui

mais, quand ils apprirent que les Hyperboréens étaient les plus heureux des hommes, ils conçurent pour eux un tel mépris, qu'ils jugèrent indigne d'eux-mêmes d'entrer plus avant dans leur pays. »

1. *Il.* 13, 5.
2. Strab. 7, 302 sqq. Éph. *frag.* 76, Didot.

devraient être également rapportés. C'est pourquoi il veut parler lui-même de ceux de ces peuples dont les mœurs ne méritent que des louanges, car il en existe de tels parmi les Scythes nomades, qui se nourrissent de lait de jument et l'emportent par leur justice sur tout le reste des hommes. C'est à ceux-là qu'ont pensé les poètes : Homère, lorsqu'il parlait du pays des γλακτοφάγων ἀβίων τε, δικαιοτάτων ἀνθρώπων que Zeus contemple ; Hésiode, quand il montrait Phinée transporté par les Harpies γλακτοφάγων εἰς αἶαν ἀπήναις οἰκί' ἐχόντων[1]. Éphore explique ensuite pourquoi les Scythes vivent entre eux dans le plus grand ordre et en observant les lois[2] : c'est qu'ils mènent une vie simple et ne sont pas avides de gain[3], car ils ont tout en commun : femmes, enfants, famille et le reste ; pourquoi ils sont invincibles et inattaquables aux étrangers : c'est qu'ils n'ont rien qui pourrait leur faire accepter l'esclavage, et il cite à l'appui les vers de Chœrilos de Samos sur le pont de bâteaux de Darius (Xerxès)[4]. Anacharsis, qu'il nomme un sage, était également, dit-il, de cette race, et il fut rangé au nombre des Sept Sages à cause de ses vertus, de sa modération et de son savoir... »

La relation du poète géographe, dont l'œuvre est contenue dans le *Périple du Pont-Euxin*[5], con-

1. Hés. dans l'ouvrage appelé Γῆς περίοδος. *frag.* 131. Strab. 7, p. 302.

2. Εὐνομοῦνται.

3. Οὐ χρηματισταί.

4. Voir ci-dessus 1, § 3, p. 21, ἀνθρώπων νομίμων.

5. § 19. Mueller, *Geographi gr. min.* Didot. 1, p. 413. Consulter les *Prolegomena* du même ouvrage, pag. LXXIV. Le passage y est attribué au prétendu Scymnos, v. 850 sqq.

corde avec ces paroles d'Éphore : Εἴρηκεν Ἔφορος[1].
La voici :

850 Τὸν Παντικάπην διαβάντι Λιμναίων ἔθνος
    ἕτερά τε πλείον' οὐ διωνομασμένα,
    Νομαδικὰ δ' ἐπικαλοῦμεν', εὐσεβῆ πάνυ,
    ὧν οὐδὲ εἷς ἔμψυχον ἀδικῆσαι ποτ' ἄν,
    οἰκοφόρα δ', ὡς εἴρηκε, καὶ σιτούμενα
855 γάλακτι ταῖς Σκυθικαῖσι θ' ἱππομολγίαις·
    ζῶσιν δὲ τήν τε κτῆσιν ἀναδεδειχότες
    κοινὴν ἁπάντων τήν θ' ὅλην συνουσίαν.

Cette relation n'est pas aussi complète que le
récit de Strabon, mais elle concorde entièrement
avec ce récit, bien qu'elle vante beaucoup plus la
piété des Scythes que leur droiture.

La troisième relation appartient à Nicolas de
Damas[2], qui ne cite pas, il est vrai, Éphore comme
son autorité, mais qui le suit indubitablement. Il
dit : « Les Galactophages, peuple de la Scythie,
comme la plupart des autres Scythes, n'ont pas
d'habitations fixes ; ils se nourrissent exclusivement
du lait de leurs juments et du fromage qu'ils font
avec ce lait. Ils sont fort justes, vivent en communauté de biens et de femmes, de sorte qu'ils appel-
lent tout homme plus âgé qu'eux, père ; tout homme
plus jeune, fils ; tout homme du même âge, frère.
Le sage Anacharsis est de leur race. Homère fait
mention d'eux[3] et les nomme Abiens... Cette communauté des biens et cette vie d'équité les rendent

---

1. *Id.* v. 842.
2. Mueller, *Frag. hist. gr.* Didot, 3. p. 460, *frag.* 123.
3. *Il.* 13, 6.

inaccessibles à tout sentiment d'envie, de haine ou de crainte. Les femmes elles-mêmes sont aussi belliqueuses que les hommes et combattent à leurs côtés, notamment les Amazones. » Le nom mis à part[1], Nicolas s'accorde ordinairement avec Strabon en l'amplifiant en quelques endroits, en l'abrégeant en quelques autres[2].

J'ai cité ce passage, dans lequel nous retrouvons clairement le substantiel récit d'Éphore, autant pour montrer que le passage de l'Iliade en est la source originale, que pour suivre en même temps le développement postérieur et actuel de la légende.

Maintenant, il nous faut constater les rapports qui existent entre Éphore et Hérodote.

Sans doute dans l'énumération des tribus scythes[3], Éphore suit parfois Hérodote, mais, la plupart du temps, il s'en écarte aussi. Sa conduite est la même lorsqu'il s'agit de caractériser et de juger les Scythes. Ainsi, avec Hérodote, il nous apprend

---

1. Il les appelle *Galactophages,* tandis que Strabon et les autres poètes disent d'une manière générale les *Scythes.*

2. Eustathe *ad Il.* 13, p. 916 et *Schol. Veneta Il. l. c.* donne aussi les mêmes renseignements : Anacharsis appartient également à la race des Abiens ; ces peuples sont δικαιότατοι, car ils possèdent tout en commun, femmes, enfants, tout, sauf l'épée et les coupes ; ils ne sont point avides d'argent ; ils ne mangent pas de viande, la terre produisant pour eux ses fruits sans travail. Eschyle les nomme Gabiens. Λέγουσι δὲ αὐτοὺς τοὺς ὁδίτας τρέφοντας ἄλλων ἄλλῳ διαπέμπειν : c'est un signe de leur grande hospitalité, comme chez les Germains, d'après Tacite, *Germ.* 21. Ces détails viennent encore évidemment d'Éphore, auquel il faut aussi attribuer les quelques amplifications qu'ils renferment. Voyez encore Arrien, *Hist. gr.* Didot 3, p. 596, *frag.* 52.

3. Scymn. 841 sqq.

que les Scythes sont nomades[1], qu'ils boivent du lait de jument[2], qu'ils comptent Anacharsis parmi leurs compatriotes[3], qu'ils sont invincibles[4] et que les femmes des Sarmates vont à la guerre avec leurs maris[5]. D'après Hérodote, ce qui rend les Scythes invincibles, c'est qu'ils ne possèdent ni villes, ni champs cultivés, et qu'avec leurs chariots et leurs troupeaux ils peuvent toujours changer facilement de contrée et de demeure[6].

Au contraire Éphore dit, suivant Strabon, qu'ils sont ἀνίκητοι, οὐδὲν ἔχοντες ὑπὲρ οὗ δουλεύσουσι[7]; suivant Nicolas, qu'ils sont δυσμαχώτατοι, σὺν αὐτοῖς πάντη τὴν τροφὴν ἔχοντες[8]. Apparemment, chacun de ces deux historiens ne rend (et Strabon le fait assez maladroitement) qu'une partie de l'opinion d'Éphore, dont par suite l'opinion totale se rapproche complètement de celle d'Hérodote.

Mais, sur d'autres points, Éphore se sépare absolument d'Hérodote. D'après l'historien des guerres Médiques, les Scythes se nourrissent ἀπὸ κτηνέων[9], du lait et de la chair de leurs troupeaux; d'après

---

1. Hér. 4, 16.
2. *Id.* 4, 2.
3. *Id.* 1, 16 et 76.
4. *Id.* 4, 16.
5. *Id.* 4, 116.
6. C'est ainsi que le roi des Scythes Idanthyrse dit aux ambassadeurs du Grand roi, dans les paroles que lui prête Hérodote 4, 127 : ἡμῖν οὔτε ἄστεα οὔτε γῆ πεφυτευμένη ἐστὶ, τῶν πέρι δείσαντες μὴ ἁλώῃ ἢ καρῇ, ταχύτερον συμμίσγοιμεν ἂν ἐς μάχην ὑμῖν.
7. *Frag.* 73.
8. *Frag.* 123.
9. Hér. 4, 16.

Éphore, ils ne mangent point de viande. Hérodote ne dit rien de leur justice, de leur piété, de leur simplicité, de leur frugalité et de leur désintéressement dont seul Éphore a parlé. Il en est de même au sujet de la communauté des biens. Quant aux femmes, la coutume de les posséder en commun, particulière aux Massagètes, et regardée à tort par les Grecs comme générale chez les Scythes[1], est attribuée aux Agathyrses par Hérodote[2] qui, toutefois, en idéalise la grossièreté par ce commentaire : « Les femmes, chez eux, sont en commun, afin qu'ils soient tous frères, et qu'étant si proches, ils n'éprouvent les uns contre les autres ni haine ni envie. » Éphore, avec la même pensée, attribue aussi à ses Scythes[3] ces mêmes mœurs idéalisées.

Mais quelle est l'origine de toutes ces relations? On la retrouve en partie, en partie on la soupçonne : leur réputation de justice vient aux Scythes de l'Iliade[4]; leur renom de piété et leur coutume de s'abstenir de nourriture animale leur viennent des peuples voisins, des Hyperboréens et principalement des Gètes[5]. Cependant la façon erronée de concevoir les $\gamma\lambda\alpha\kappa\tau o\varphi\acute{\alpha}\gamma o\iota$ homériques comme des hommes ne se nourrissant exclusivement que de lait, et, grâce à ce régime adoucissant, devenant doux et justes (?), peut avoir eu sa part d'influence.

Ces explications ne sont pas encore suffisantes.

1. Hér. 1, 216.
2. *Id.* 4, 104.
3. Dans Nicolas de Damas.
4. Eschyle aussi les appelle εὔνομοι.
5. Voir plus haut, 1, § 7.

D'où vient l'absence de tout sentiment d'avidité
égoïste? Quelle est l'origine de la communauté des
biens, trait ajouté postérieurement, mais important
dans l'idéalisation des Scythes? Il me semble que ce
sont des idées platoniciennes, comme c'étaient auparavant des idées pythagoriciennes, qui ont contribué à la formation de cette légende. On pourrait,
par exemple, renvoyer à la description que Platon[1]
fait de la félicité des premiers hommes, qui ne con-
naissaient ni l'or, ni l'argent, mais aussi ni la violence, ni l'injustice, ni la haine, ni l'envie, et dont
les mœurs étaient irréprochables. Mais c'est surtout
la république idéale de Platon, qui repose tout entière sur la διχαιοσύνη[2], qui me semble avoir tout particulièrement influé sur la peinture des διχαιότατοι
ἀνθρώπων par Éphore. Or, le communisme de Platon,
développé d'après les idées pythagoriciennes, en-
traînait comme conséquence la communauté des
femmes[3], la communauté des biens[4] et même, si
l'on peut dire, de la joie, de la douleur[5], en un mot
de toute chose. C'était là, pour Platon, la condition
du bonheur le plus grand[6], les haines, les inimitiés
et les discussions devenant absolument impossibles.
On saisit presque, dans quelques mots d'Éphore
rapportés par Strabon, comme un écho des paroles
de Platon. Éphore dit des Scythes εὐνομοῦνται, et le

1. *Legg.* 3, 679 b.
2. *Rép.* 4, 433 et ailleurs.
3. *Id.* 5, 457 c sqq.
4. *Id.* 462 c, 464 b sqq.
5. *Id.* 462 b.
6. *Id.* 464 b, 465 d.

récit de Platon parle d'une εὔνομος πόλις[1]; Éphore représente les Scythes comme οὐ χρηματισταί, et Platon montre les hommes corrompus par les χρηματισμοί[2]. Ajoutez à cela que Platon trouva réalisée chez les Scythes eux-mêmes la κοινωνία dans un autre sens[3], c'est-à-dire la ἵππων καὶ τόξων καὶ τῶν ἄλλων ὅπλων κοινωνία, qu'il loue comme d'autres dans les femmes Sarmates[4].

Ce sont précisément ces amplifications, ces embellissements d'Éphore qui ont contribué à faire passer l'idéalisation des Scythes dans une antiquité plus récente, en particulier dans l'antiquité romaine. Mais, pour parler comme Schiller[5], au lieu du côté élégiaque, ce fut le côté *satirique* de cette poésie sentimentale qui apparut au premier plan. Les vertus des Scythes furent alors exaltées avec le dessein bien arrêté de les opposer aux vices des Romains. C'est parce qu'il met dans une vive lumière ces mêmes vertus, que le récit d'Éphore est un dés points importants de la question[6].

1. *Id.* 462 e.
2. *Id.* 465 c.
3. Voir *Rép.* 5, 466 d.
4. *Legg.* 7, 804 e.
5. *Ueber naive und sentimentalische Dichtung,* 12, 193 édit. de 1847.
6. Les ouvrages Περὶ Σκυθῶν ou Σκυθικά (c'est sous ces titres qu'on les cite) d'Agathon, de Ctésippe, de Mnésimaque, de Timonax renfermaient-ils des renseignements importants pour le sujet qui nous occupe? Nous l'ignorons; nous ne connaissons de ces ouvrages que quelques détails rapportés à titre de curiosité. Un disciple d'Aristote, Cléarque, appelait les Scythes un peuple misérable ἀθλιώτατοι, et prétendait qu'ils avaient mérité leur infortune par leur orgueil et leur dérèglement. Athénée 12, 524 c.

C'est sous forme de plaisanterie que se produisit,
pour la première fois, cette *idéalisation satirique*
dans Antiphane, poète de la comédie moyenne,
qui dit[1] :

Εἶτ' οὐ σοφοὶ δῆτ' εἰσὶν οἱ Σκύθαι σφόδρα;
οἱ γενομένοισιν εὐθέως τοῖς παιδίοις
διδόασιν ἵππων καὶ βοῶν πίνειν γάλα,
ἀλλ' οὐχὶ τιτθὰς εἰσάγουσι βασκάνους
καὶ παιδαγωγούς κτλ.

§ 10. Alexandre le Grand. — Les cam-
pagnes d'Alexandre le Grand firent accomplir de
grands progrès à la connaissance de l'Orient et, par
suite, influèrent sur le développement de notre
légende. D'une part, elles accrurent l'envie de faire
des récits sur des peuples lointains et fabuleux;
d'autre part, elles placèrent dans l'extrême Orient
des légendes jusqu'alors placées dans d'autres
régions. C'est ainsi qu'à l'exemple du médecin perse
Ctésias, lequel vivait en 400[2], Mégasthène trans-
portait les Hyperboréens dans les Indes[3]; et il était
réservé aux historiens d'Alexandre, sinon à ce roi
lui-même, admirateur enthousiaste d'Homère, de
découvrir, à l'orient de la mer Caspienne, vivant
dans la pratique d'une inaltérable vertu, la pos-
térité des Abiens de l'Iliade, amis de la justice. Et de
même qu'une reine des Amazones s'était présentée
devant Alexandre, de même durent comparaître
devant lui des ambassadeurs de ces Abiens « qu'Ho-

1. Ath. 6, 224 d.
2. Voir plus haut 1, § 8.
3. Strab. 15, 711. Voir Ukert, p. 19.

mère vantait comme les plus justes des hommes et qui, encore aujourd'hui, vivent en Asie, libres, à cause de leur pauvreté et de leur droiture[1] ». C'est d'eux que Quinte-Curce dit[2] : *Justissimos barbarorum constabat; armis abstinebant nisi lacessiti; libertatis modicus et æqualis usus,* etc.[3]. *Genus piissimum, calcare cuncta mortalia consuetum* (!). — D'autre part, Hécatée d'Abdère, vers 300 av. J.-C., à la suite d'une géographie fantaisiste de leur pays qu'il plaçait au Nord-Ouest, écrivait sur les Hyperboréens un récit tiré de Diodore et d'Élien[4]. La description est très détaillée, mais n'ajoute aux renseignements de Pindare et d'Hérodote aucun trait caractéristique et important pour notre thèse.

§ 11. Posidonius. — Trois cents ans après Éphore, Posidonius d'Apamée, savant aussi versé en toutes connaissances qu'observateur profond de la réalité[5], écrivit le vaste ouvrage intitulé : Ἱστορίαι, qui s'étendait de 146 à 96 et renfermait de nombreuses digressions. Dans les fragments que nous possédons, Posidonius nous apparaît comme un historien qui, connaissant les peuples lointains pour les avoir lui-même presque tous visités, non seulement expose en détail les grands événements et aussi les événements secondaires, mais encore blâme

---

1. Arrien, *frag.* 53, p. 596 Didot.
2. Q. Curce 7, 6, 11.
3. Cf. Ammien 23, 6, 53.
4. Diod. 2, 47. Élien, *Hist. anim.* 11, 1. — Voir l'Excursus et Muellenhoff, *D. Alterthumshunde* 1, p. 424.
5. Le même qui professa la rhétorique et la philosophie stoïcienne à Rhodes, et, à partir de l'an 51 av. J.-C., à Rome.

souvent la mollesse et la corruption, et constate et
admire volontiers le bien, quand il le rencontre. C'est
ce qu'il fait, par exemple, pour l'antique grandeur
de Rome et la simplicité de ses premiers temps[1].
C'est de lui que Strabon dit[2] : « Posidonius raconte
que les Mysiens (de Thrace) s'abstenaient, par piété,
de ce qui a eu vie, et, par conséquent, de la chair des
animaux domestiques[3], mais qu'ils se nourrissaient
de miel, de lait et de fromage, qu'ils menaient une
existence paisible et qu'ils furent, pour cela, appelés
pieux[4]. Une partie des Thraces vivaient sans femmes ;
on les nommait κτισταί (?), on les honorait comme
des saints, et ils jouissaient de la plus complète sécurité. C'est à tous ces peuples que pensait Homère[5]. »

Nous voyons en ce moment, après tout ce que
nous avons dit, comment ici la peinture, tracée par
Éphore, des Scythes qui s'abstiennent de viande, et
dont maintenant, par un effet de la langue poétique[6],
le régime lacté s'augmente de miel, comment cette
peinture se fondit en un seul tableau avec les récits
antérieurs d'Hérodote sur la piété des Gètes de
Thrace[7]. Ce que Posidonius raconte en terminant a
une certaine couleur d'ascétisme monacal et peut
très bien se rapporter à des traits réels de la vie des

1. *Frag.* 2, 3, 12 Didot. Cf. 15.
2. Strab. 7, 295, *frag.* 92.
3. Ἐμψύχων ἀπέχεσθαι, διὰ δὲ τοῦτο καὶ θρεμμάτων.
4. Καλεῖσθαι θεοσεβεῖς τε καὶ καπνοβάτας (?).
5. *Il.* 13, 6.
6. Je rappellerai seulement les Bacchantes, qui, en frappant
les rochers de leurs thyrses, on faisaient jaillir des ruisseaux
de lait et de miel.
7. Voyez aussi Eustathe sur l'*Il.* 13, 5 : ἄρτος δὲ μετὰ μέλιτος
Πυθαγορικῶν ἦν τροφή, et ci-dessus 1, § 5, p. 25.

Thraces[1]. Est-ce que Josèphe[2] ne compare pas, à propos des principes religieux qui ont dirigé toute son existence, une tribu dace, c'est-à-dire gète, avec les Esséniens! Un trait nouveau, c'est la tranquillité d'âme, ἡσυχία, la sécurité, ἄδεια, que Posidonius attribue à ces hommes pieux. Chez Posidonius, ce qui nous frappe surtout, c'est la confusion bien accusée des Gètes et des Scythes. Il explique, en se rattachant au passage d'Homère[3], que l'épithète δικαιότατοι se rapporte συλλήβδην, sans distinction aux tribus thraces et gètes[4]; en conséquence, il attribue également et indifféremment aux Scythes les traits que nous citions précisément des Thraces, c'est-à-dire la piété, l'habitude de se nourrir de lait et de miel, etc. C'est ce qu'à la vérité, on peut voir dans un passage capital de Justin, passage dont je ne puis parler que plus loin, parce que Justin ne l'attribue pas *discertis verbis* à Posidonius. Toutefois les Hyperboréens, que Posidonius place dans les Alpes, n'entrent pas, pour lui, dans le cercle de ces peuples du Nord.

Posidonius est surtout précieux pour notre thèse, parce qu'il est le premier de ces écrivains auxquels l'Occident s'est ouvert, quoique bien imparfaitement encore[5]. Il connaissait l'Espagne et la Gaule pour les avoir maintes fois visitées lui-même; il est le plus ancien des Hellènes qui cite le nom des Ger-

---

1. Voir plus haut 1, § 7, p. 33.
2. *Antiqu. jud.* 18, 1, 5.
3. Voir *frag.* 92 Didot, dans Strabon 7, 295.
4. Voir aussi *frag.* 91.
5. Strab. 2, 104. *frag.* 88.

mains[1]; il nomme aussi les Bretons[2]. En outre, il
nous ouvre une vue plus large pour la transformation
que notre thèse a subie postérieurement chez les
Romains. Il est notoire, en effet, que Posidonius est
la principale autorité de Diodore de Sicile. Par
exemple celui-ci raconte[3] sur la Ligurie une histoire qui, d'après le témoignage de Strabon[4], est
tirée de Posidonius[5]. Précisément dans ce même chapitre, Diodore dit des Ligures qu'ils sont τῆς κατὰ τὴν
τρυφὴν ῥαστώνης πολὺ κεχωρισμένοι, après quoi
viennent maints éloges de ce peuple. Il est plus que
vraisemblable que ce passage encore est tiré de Posidonius. Rapprochons-en maintenant ce que Diodore[6] dit des Bretons : Φασὶ... τοῖς ἤθεσι ἁπλοῦς εἶναι
καὶ πολὺ κεχωρισμένους τῆς τῶν νῦν ἀνθρώπων
ἀγχινοίας καὶ πονηρίας· τάς τε διαίτας εὐτελεῖς ἔχειν καὶ τῆς
ἐκ τοῦ πλούτου γεννωμένης τρυφῆς πολὺ διαλλαττούσας. Ce
sont des races qui *ont conservé encore les vieilles
mœurs*. Si donc la ressemblance frappante de quelques idées, et même l'identité de quelques mots de
la fin de ce passage, peuvent justifier ma pensée et

1. Athénée 4, 153 c : Γερμανοὶ δὲ, ὡς ἱστορεῖ Ποσειδώνιος ἐν τῇ
τριακοστῇ, ἄριστον προσφέρονται κρέα μελικὸν ὠπτημένα καὶ ἐπιπίνουσι
γάλα καὶ τὸν οἶνον ἄκρατον (*frag.* 32, Didot). Ce dernier trait
est en contradiction avec César B. G. 4, 2 : *Vinum ad se
importari non sinunt, etc.* — A la place de μελικόν, mon ami
A. Holder soupçonnait μέλιτι, pour lequel il renvoie à plusieurs
passages de l'Edda. En tout cas, Posidonius regarde les
Germains comme des Celtes; c'est ce que fait aussi Diodore.
2. *Frag.* 18.
3. Diod. 4, 20.
4. Strab. 3, 165.
5. *Frag.* 53.
6. Diod. 5, 21.

prouver que c'est encore ici Posidonius qui est copié
par le compilateur, on doit reconnaître en lui le premier écrivain qui a tenté l'idéalisation d'un peuple
primitif *de l'Ouest*, peuple qui, pour *les Romains*,
était le plus rapproché des peuples du Nord. Strabon[1]
décrit un peu différemment les mœurs des Bretons,
qu'il dépeint comme ἁπλούστερα καὶ βαρβαρώτερα[2]. Pour
l'idéalisation, les Bretons satisfaisaient à la condition essentielle : l'extrême éloignement. On les
désignait comme : *Penitus toto divisi orbe Bri-*
tanni[3], *Ultimi Britanni*[4], *Ultimi orbis*[5], *Remoti*[6],
Intacti[7], etc., de même que les Éthiopiens d'Homère
étaient les ἔσχατοι ἀνδρῶν.

§ 12. **Scymnos.** — Vivant à peu près à la même
époque que Posidonius, le prétendu Scymnos donna,
vers 90 avant J.-C., dans sa Géographie versifiée,
l'idéalisation d'un autre peuple barbare qui est géné-

---

1. Strab. 4, 200.

2. Mais ce qu'il dit 4, 201, de la grossièreté dans les rapports des sexes, Brandes (*Kelten und Germanen*, p. 30) n'aurait pas dû le mentionner, puisque cela ne concerne que
Ἰέρνη l'Irlande. César pourtant (*B. G.* 5, 14) raconte des
Bretons eux-mêmes quelque chose de semblable qui rappelle
le communisme des Scythes.

3. Virg. *égl.* 1, 67.

4. Catull. 11, 11. 29, 4 *etc.*

5. Hor. *Carm.* 1, 35, 30.

6. *Id.* 4, 14, 48.

7. *Intacti, Ép.* 7, 7. — Est-ce qu'Horace par ce mot veut
bien exprimer ici l'idée d'éloignement? Ne faudrait-il pas
comprendre *intactus* dans le sens qu'il a encore *Carm.* 3, 24,
1, et Properce 2, 10, 15, c'est-à-dire qui n'est pas encore
soumis, invaincu? — Sur l'extrême éloignement des Bretons,
voir aussi le discours de Calgacus, Tac. *Agr.* 30. Trad.

ralement présenté comme une horde de brigands des
plus sauvages. Il dit[1] des Illyriens :

...ἃ δ᾽ αὐτονομεῖσθαι· θεοσεβεῖς δ᾽ αὐτοὺς ἄγαν
καὶ σφόδρα δικαίους φασὶ καὶ φιλοξένους,
κοινωνικὴν διάθεσιν ἠγαπηκότας
εἶναι, βίον ζηλοῦν τε κοσμιώτατον.

Les couleurs de ce tableau étant les mêmes que
celles de l'idéalisation des Scythes dans Éphore, on
est naturellement amené à se demander quelle est
l'origine d'une aussi singulière louange pour cette
sauvage tribu de brigands. Je présume qu'en définitive l'origine de l'idéalisation des Illyriens est la
même que celle de l'idéalisation des Scythes : c'est
Homère, ou plutôt ses commentateurs. Par exemple,
on voit dans le Périple de Scylax[2] que, parmi les
Illyriens, se trouvaient les Lotophages divisés en
trois tribus[3]; cela provient évidemment d'un commentaire qui cherchait les contrées de l'Odyssée à
l'Ouest et au Nord-Ouest. Or, on sait que, dans
Homère, ce pays des Lotophages a tant de charmes
pour les étrangers que ceux-ci en oublient leur
patrie[4]; là-dessus, Denys le Périégète a fait des
Lotophages des φιλόξεινοι, et Scymnos a transporté
cette épithète d'hospitaliers aux Illyriens qu'il décrit
ensuite plus en détail, ainsi qu'Éphore avait fait pour
les δικαιότατοι d'Homère. Comme Scymnos, d'après
ses fréquents aveux, a beaucoup emprunté à Éphore,

1. *Geog. gr. min.* Didot v. 422 sqq.
2. *Geog. gr. m.* Didot § 22.
3. Ἱεραστάμναι, Βουλινοί, Ὕλλοι.
4. *Od.* 9, 97.

je soupçonne qu'il lui a emprunté aussi pour l'idéalisation des Illyriens.

§ 13. **Rome.** — Posidonius nous ouvre le chemin vers la littérature latine, soit par ses descriptions des peuples de l'Occident, soit par le contraste qu'il se plaît à faire ressortir entre les οἱ νῦν ἄνθρωποι et les peuples primitifs qu'il a tant vantés. Mais cette idéalisation prend à Rome, dès l'origine, un caractère plus satirique qu'élégiaque[1]. A l'exemple de Posidonius, Salluste et d'autres écrivains vantent le bon vieux temps de Rome, pour l'opposer à la corruption du présent. Les îles Fortunées sont le pays où l'on rêve d'aller pour fuir cette corruption : ne sait-on pas que Sertorius conçut un merveilleux désir d'aller habiter ces îles et d'y vivre en repos, affranchi de la tyrannie et de toutes les guerres[2], et que, plus tard[3], Horace[4] adresse la même poétique invitation à tous les honnêtes gens de son temps? Avec l'empire et l'établissement d'un régime qui assura plus de sécurité et de tranquillité à l'intérieur, ces aspirations, dont l'expression était satirique, en même temps que le caractère en était pratique, furent ramenées, on peut le dire, à la spéculation théorique.

§ 14. **Salluste.** — Autant qu'on en peut juger, Salluste n'aime guère à idéaliser les peuples éloignés

---

1. Voir plus haut 1, § 9, p. 11.
2. Plut. *Sert.* 8, 9. Sall. *Hist. fragm.* 1, 61 Kritz.
3. Vers 40 av. J.-C.
4. *Épod.* 16.

et les pays lointains. Ni les passages déjà cités[1], ni
les passages sur les Scythes ou sur les Germains,
ne montrent en lui cette tendance. A cause de l'importance de ces passages pour la démonstration à
donner plus loin, je les réunirai tous ici :

1° Sur les Scythes : *Scythæ Nomades tenent,
quibus plaustra sedes sunt*[2]. — *Omnium ferocis-
sumi ad hoc tempus Achæi atque Tauri sunt, quod,
quantum conicio, locorum egestate rapto vivere
coacti*[3].

2° Sur les Germains : *Germani intectum renonibus corpus tegunt*[4]. — *Vestes de pellibus renones
vocantur*[5].

3° Sur le Danube : *Nomenque Danubium habet,
ut ad Germanorum terras adstringit*[6]. Ce fleuve est
plus petit que le Nil[7].

Voilà tout. D'idéalisation, nulle trace. On ne
verrait pas davantage la moindre tentative de glorification ou de comparaison avec Rome dans les
digressions des *Histoires* sur la Sardaigne, la Corse
et l'Espagne au deuxième livre, sur la Crète et le
Pont au troisième, sur la Mésopotamie et le détroit
de Sicile au quatrième, ou sur le *Situs Africæ* dans

1. Le fragment 61 : *insulas... constabat suopte ingenio alimenta
gerere*, ne rappelle que l'opinion de Sertorius ; et le fragment
63 : *Mauri, vanum genus... contendebant Antipodas ultra
Æthiopiam cultu Persarum justos et egregios agere*, n'indique
vraiment pas une pareille tendance.

2. *Hist.* 3, 47.

3. *Id.* 3, 18.

4. *Id.* 3, 57.

5. *Id.* 3, 58.

6. *Id.* 3, 55.

7. *Id.* 3, 56.

le *Jugurtha*[1]. En revanche, dans le *Catilina*[2] et dans le *Jugurtha*[3], il fait un brillant éloge des premiers temps de Rome. Mais, pour le moment, restons-en là.

Au contraire, sous le règne d'Auguste, nous trouvons, chez les écrivains latins, un grand nombre de passages où les Scythes sont positivement glorifiés.

§ 15. **Horace.** — Le plus connu de ces passages est le tableau tracé par Horace au livre troisième des Odes, vers l'an 29 av. J.-C., ou très peu de temps après cette date[4]. Le voici :

Campestres *melius* Scythæ,
Quorum plaustra vagas rite trahunt domos,
Vivunt et rigidi Getæ,
Immetata quibus jugera liberas
Fruges et Cererem ferunt,
Nec cultura placet longior annua,
Defunctumque laboribus
Æquali recreat sorte vicarius.
Illic matre carentibus
Privignis mulier temperat innocens,
Nec dotata regit virum
Conjux nec nitido fidit adultero.
Dos est magna parentium
Virtus et metuens alterius viri
Certo fœdere castitas ;
Et peccare nefas aut pretium est mori.

1. *Jug.* 17 à 19. — Gétules et Libyens *neque moribus neque lege aut imperio cujusquam regebantur;* ils vivaient *uti pecora! Jug.* 18.
2. *Cat.* 6 sqq.
3. *Jug.* 41.
4. *Carm.* 3, 24, 9 sqq.

En antithèse, il place à la suite la peinture de la perversité et de l'avidité des Romains, en souhaitant que celui *qui quæret* PATER URBIUM *suscribi statuis* ose extirper ces vices.

§ 16. **Virgile.** — De son côté, Virgile, après avoir décrit les froids terribles du pays *qua Scythiæ gentes, Mæotiaque unda, turbidus et... Hister... quaque Rhodope porrecta,* dépeint la paisible et douce existence que mènent pendant l'hiver les habitants de ces contrées[1] :

Ipsi in defossis specubus secura sub alta
Otia agunt terra, congestaque robora totasque
Advolvere focis ulmos ignique dedere.
Hic noctem ludo ducunt, et pocula læti
Fermento atque acidis imitantur vitea sorbis.
Talis Hyperboreo Septem subjecta trioni
Gens effrena virum Rhipæo tunditur Euro,
Et pecudum fulvis velatur corpora sætis.

§ 17. **Justin.** — Enfin, la description la plus étendue nous a été donnée plus tard par Trogue Pompée, dont Justin nous communique le passage suivant[2] : *Hominibus* (c'est-à-dire *Scythis*) *inter se nulli fines; neque enim agrum exercent nec domus illis ulla aut tectum aut sedes est, armenta et pecora semper pascentibus et per incultas solitudines errare solitis. Uxores liberosque secum in plaustris vehunt, quibus coriis imbrium hiemisque causa tectis*

1. *Georg.* 3, 376 sqq.
2. Just. 2, 2. — Dans le § précédent, il développe cette idée que les Scythes étaient un peuple plus ancien que les Égyptiens. Ce titre de gloire attribué aux Scythes aura été emprunté au même document que le § 2.

pro domibus utuntur[1]. Justitia *gentis ingeniis culta, non legibus. Nullum scelus apud eos furto gravius : quippe sine tecti munimento pecora et armenta habentibus quid inter silvas superesset, si furari liceret? Aurum et argentum non perinde ac reliqui mortales adpetunt*[2]. *Lacte et melle vescuntur*[3]. *Lanæ eis usus ignotus, et quamquam continuis frigoribus urantur, pellibus tamen ferinis ac murinis utuntur. Hæc continentia illis morum quoque justitiam edidit*[4], *nihil alienum concupiscentibus : quippe ibidem divitiarum cupido est, ubi et usus. Atque utinam reliquis mortalibus similis moderatio abstinentiaque alieni foret : profecto non tantum bellorum per omnia sæcula terris omnibus continuaretur, neque plus hominum ferrum et arma quam naturalis fatorum condicio raperet : prorsus ut admirabile videatur,*

1. Valérius Flaccus 6, 80 sqq :

> plaustris *ad prælia cunctas*
> *Cœlaletæ traxere manus; ibi sutilis illis*
> *Et* domus *et crudo residens sub vellere* conjunx
> *Et* puer e *primo torquens temone cateias.*

Puisque *torquere cateias* se fait dans l'Énéide (7, 741), *Teutonico ritu,* Flaccus, à l'esprit duquel le passage de Virgile devait être présent, traitait apparemment, à l'exemple de Lucain et de Sénèque (voir plus bas: 2, § 3 et 4), les Scythes et les Germains comme un peuple de même race.

2. Val. Flac. 6, 131 : *Ignotis insons, Arimaspe, metallis.* A. R. — Cf. Tacite à propos des Germains 5 : *Possessione et usu* (auri) *haud perinde afficiuntur.* Trad.

3. Val. Flac. 6, 145 : *mellis honos Torynis; ditant sua mulctra Satarchen.* Rapprochez encore la lettre supposée du Scythe Anacharsis à Hannon dans Cicéron (*Tusc.* 5, 90) : *Lacte, caseo, carne vescor.*

4. Bossuet peint tout autrement les Scythes : *Ces nouveaux conquérants* (de la Médie) *n'y régnèrent que vingt-huit ans; leur avarice et leur brutalité la leur firent perdre. Disc. sur l'hist. univers. 3º part. sect. 3.* Trad.

hoc illis *naturam dare, quod* Græci *longa sapientium doctrina præceptisque philosophorum consequi nequeunt,* cultosque mores incultæ barbariæ collatione superari*[1]. Tanto plus in* illis *proficit vitiorum ignoratio quam in* his *cognitio virtutis.*

A l'aide de ces trois passages d'Horace, de Virgile et de Justin[2], on peut tracer un portrait idéalisé des Scythes, auxquels Horace et Virgile ajoutent aussi les Gètes, *habitants de l'Ister* et *du mont Rhodope.* Le voici : Ils n'ont point de propriétés individuelles et privées[3], et, chaque année, ils cultivent une terre nouvelle, parce qu'ils changent de champs entre eux[4]. Ils vivent errants sur leurs chariots comme des peuples nomades[5]; ils se vêtent de fourrures[6] et se nourrissent de lait et de miel[7]. Ou bien, au contraire, ils ne cultivent pas du tout la terre et s'occupent exclusivement de l'élève du bétail[8],

---

1. Rappelons brièvement ici Lucien, qui, dans le *Toxaris,* où le grec Mnésippe et le Scythe Toxaris sont en discussion sur le point de savoir qui entend le mieux l'amitié et ses devoirs, des Scythes ou des Grecs, place presque au-dessus des exemples cités par Mnésippe, les traits d'amitié idéale que Toxaris rapporte de ses compatriotes. Cf. Luc. *Anachar.* 40. — Du reste, Cicéron avait déjà exprimé, avant Justin, une pensée analogue (*Tusc.* 5, 90) : *An Scythes Anacharsis potuit pro nihilo pecuniam ducere, nostrates philosophi facere non potuerunt?*

2. Nous n'avons pas à nous arrêter aux plaintes que, dans son exil, leur contemporain Ovide exhale contre les Gètes et les Scythes.

3. Hor. Just.

4. Hor.

5. Hor. Just.

6. Virg. Just.

7. Just.

8. Just.

car il ne pousse dans leur pays ni céréales ni arbres[1]. Ils passent l'hiver à boire et à goûter des plaisirs de toute sorte avec la plus grande insouciance dans des antres qu'ils ont creusés[2]. Leurs mœurs, dans le mariage, sont d'une pureté exemplaire[3]. Ils n'épousent pas leurs femmes pour leurs richesses[4], et ces femmes sont très vertueuses[5]. Ils vivent dans leurs chariots avec femme et enfants[6]. Parmi leurs vertus brillent surtout la justice[7] et le contentement, car les Scythes n'ont pas besoin de lois[8], vivent sans convoitise[9] et ne commettent pas de vols[10]. Ainsi l'image de ce peuple idéal se détache nettement comme un tout aux contours accusés. C'est Justin qui nous a le plus servi à la former, et quelques traits empruntés aux poètes nous ont aidé à compléter Justin. Entre ces poètes et lui, nous ne cons-

1. Virg. *Géor.* 3, 352.
2. Virg.
3. Hor. — Voir l'affirmation du contraire dans Ukert, p. 608.
4. C'est là simplement le sens des mots : *Nec dotata regit virum conjux* (*Carm.* 3, 24, 19). Les femmes sont pauvres mais vertueuses. Les savantes explications risquées sur ce passage à l'aide d'un rapprochement avec la phrase de Tacite (*Germ.* 18) : *Dotem non uxor marito, sed uxori maritus offert,* se trompent absolument sur le sens des mots d'Horace.
5. Hor.
6. Just.
7. *Id.*
8. Just. — Inversement Horace parlant de Rome dit : Que peuvent les lois sans les mœurs? *Carm.* 3, 24, 35. A. R. — On peut rapprocher du *Quid leges sine moribus?* le mot de Montesquieu : *Pour réformer les mœurs, il faut en avoir;* et celui de Tacite (*Germ.* 19) : *Plus ibi boni mores valent, quam alibi bonæ leges.* Trad.
9. Hor. Just.
10. Just.

tatons que la seule contradiction que voici: Justin
dit : *Neque agrum exercent*, et Horace : *Nec cultura placet longior annua...*

Voyons maintenant comment ces traits s'accordent avec la légende grecque. D'après Éphore[1],
les Scythes n'ont pas de propriétés individuelles et
privées; d'après Hésiode[2], Eschyle[3], Éphore et bien
d'autres, ils vivent en nomades sur des chariots.
Pour leurs vêtements et leur nourriture, Hérodote
et d'autres auteurs donnent des renseignements bien
différents de ceux de Justin, mais ce dernier, pour le
lacte et melle, s'accorde parfaitement avec les récits
de Posidonius sur les Gètes de Mésie[4]. Éphore ne
parle que du lait, sans mentionner le miel, mais
Justin tombe indirectement d'accord avec lui à
propos de l'abstinence de nourriture animale. Éphore
la constate chez les Scythes, Hellanicos chez les
Hyperboréens. D'après Hérodote, les Scythes élèvent du bétail et ne cultivent pas la terre, à l'exception des Σκύθαι γεωργοί[5]. Homère, Eschyle, Éphore
célèbrent leur justice, Hellanicos celle des Hyperboréens; Éphore vante leur piété, Hérodote et Posidonius celle des Gètes. Enfin Éphore loue encore la
tranquillité d'âme dont ils jouissent et la simplicité
de leurs goûts. Quant aux autres points, sauf omis-
sion de ma part, ils ne sont point mentionnés par
les écrivains grecs.

1. Voir ci-dessus, 1, § 9.
2. Voir ci-dessus, 1, § 2.
3. *Prom.* 709.
4. Μέλιτι δὲ χρῆσθαι καὶ γάλακτι καὶ τυρῷ. *frag.* 92. Voir plus
haut, 1, § 11.
5. Hér. 4, 18.

On pourrait donc penser, après cela, qu'Éphore est la source commune des trois auteurs latins Horace, Virgile et Justin. Il ne nous est parvenu de lui que quelques extraits, et ses œuvres pourraient bien avoir contenu tout ce qui est dit ici.

Malgré tout, je songerais plutôt à Posidonius, et cela pour différents motifs. Premièrement, à cause du passage *lacte et melle vescuntur* cité plus haut. Secondement, parce qu'on retrouve[1] dans Justin beaucoup de Posidonius, qui, en général, du temps d'Auguste, était en grande estime[2]. Troisièmement, ce n'est que chez lui que nous voyons Scythes et Gètes rapprochés dans un même tableau idéalisé de leurs mœurs[3], et ces deux mêmes peuples sont pareillement réunis chez Horace et chez Virgile. Quatrièmement, Éphore parle de la communauté des femmes chez les Scythes, tandis qu'Horace vante précisément l'austérité de leurs mœurs dans le mariage et que Justin fait habiter à chaque Scythe son chariot avec sa femme et ses enfants : c'est qu'à la place de l'idéal d'Éphore, inspiré du communisme platonicien, est apparu un idéal moral. Cinquièmement, et ceci est l'argument capital, le ton sentimental qui règne dans toute la composition de Justin et dans tout le tableau d'Horace, appartient à Posidonius et non pas assurément à Éphore. En outre, Posidonius, comme nous l'avons dit plus haut, met, en les louant, les peuples primitifs en opposition avec les Hellènes ; or, c'est précisément ce

1. Comme déjà Heeren l'a démontré 1804.
2. Diodore également l i a fait des emprunts.
3. *Frag.* 91.

qui se passe ici : car Justin oppose les Scythes aux Grecs, et Horace, qui a son but, les oppose aux Romains ; et tous deux démontrent, Justin que les Grecs par aucune doctrine philosophique, Horace que les Romains par aucune législation, pour si excellente qu'elle fût, ne sont arrivés au résultat où les Scythes atteignirent, à savoir la possession du bonheur et de la vertu. La conclusion de Justin : « Ainsi le monde civilisé serait dépassé par les mœurs de barbares étrangers à la civilisation », est de la plus grande importance si l'on veut pénétrer au fond de l'idée. Du reste, cette antithèse satirique est aussi marquée chez Horace par des mots comme *melius, illic*[1], etc. Enfin, le passage dans lequel Horace s'écarte de Justin est peut-être amené par une réminiscence confuse des mœurs des Suèves dont parle César[2] ; trompé par la ressemblance de quelques traits communs, le poète a cru se rappeler qu'il s'agissait des Scythes.

Quant à l'opinion qui rapporte à Salluste l'origine des trois passages mentionnés, je la discuterai plus tard en détail. Pour le moment, je me contente de faire remarquer que ceux qui l'acceptent, bien qu'ils ne trouvent dans Salluste aucun point d'appui[3], ne sont pas dispensés de répondre à la question : où donc Salluste a-t-il puisé à son tour ? Car, en fin de compte, il n'est pas douteux, d'après la conclusion

---

1. *Campestres* melius *Scythæ... vivunt...* 3, 24, 9. Illic *matre carentibus Privignis mulier temperat innocens... id.* 17.
2. *B. G.* 4, 1.
3. Voir ci-dessus 1, § 14.

de Justin[1], qu'il ne faille remonter à une source grecque.

§ 18. Strabon. — Si c'est Trogue Pompée qui, comme on peut le reconnaître d'après Justin, a traité la légende des Scythes le plus complaisamment, c'est Strabon qui, bientôt après[2], l'a traitée le plus rationnellement, comme c'est Pomponius Méla[3] qui l'a le plus minutieusement développée. Cependant, il y a chez Strabon le même penchant tout à fait visible qui était en Justin, quand il dit[4] : « Cette croyance à la justice des Scythes *règne encore aujourd'hui chez les Hellènes*, car nous regardons les Scythes comme les plus francs et les moins fourbes des hommes; nous les croyons beaucoup plus simples et plus sobres que *nous;* et cependant, la manière de vivre des Hellènes (ὁ καθ' ἡμᾶς βίος) a

---

1. *Quod Græci longa sapientium doctrinâ...*
2. Vers l'an 18 ap. J.-C.
3. Vers l'an 41.
4. Strab. 7, 301. Αὕτη δ' ἡ ὑπόληψις καὶ νῦν ἔτι συμμένει παρὰ τοῖς Ἕλλησιν· ἁπλουστάτους τε γὰρ αὐτοὺς νομίζομεν καὶ ἥκιστα κακεντρεχεῖς, εὐτελεστέρους τε πολὺ ἡμῶν καὶ αὐταρκεστέρους· καίτοι ὅ γε καθ' ἡμᾶς βίος εἰς πάντας σχεδόν τι διατέτακε τὴν πρὸς τὸ χεῖρον μεταβολὴν, τρυφὴν καὶ ἡδονὰς καὶ κακοτεχνίας καὶ πλεονεξίας μυρίας πρὸς ταῦτ' εἰσάγων· πολὺ οὖν τῆς τοιαύτης κακίας καὶ εἰς τοὺς βαρβάρους ἐμπέπτωκε τούς τε ἄλλους καὶ τοὺς νομάδας· καὶ γὰρ θαλάττης ἀψάμενοι χείρους γεγόνασι λῃστεύοντες καὶ ξενοκτενοῦντες, καὶ ἐπιπλεκόμενοι πολλοῖς μεταλαμβάνουσι τῆς ἐκείνων πολυτελείας καὶ καπηλείας· ἃ δοκεῖ μὲν εἰς ἡμερότητα συντείνειν, διαφθείρει δὲ τὰ ἤθη καὶ ποικιλίαν ἀντὶ τῆς ἁπλότητος τῆς ἄρτι λεχθείσης εἰσάγει. — P. 303. Κοινῇ τινι φήμῃ καὶ ὑπὸ τῶν παλαιῶν καὶ ὑπὸ τῶν ὑστέρων πεπιστεῦσθαι συνέβαινε τὸ τῶν νομάδων, τοὺς μάλιστα ἀπῳκισμένους ἀπὸ τῶν ἄλλων ἀνθρώπων γαλακτοφάγους τε εἶναι καὶ ἀβίους καὶ δικαιοτάτους, ἀλλ' οὐχ ὑπὸ Ὁμήρου πεπλάσθαι.

corrompu déjà presque tous les peuples, en répandant la mollesse, la luxure, la fourberie et ensemble toute la foule des autres appétits mauvais. Beaucoup de ces vices se sont emparés des barbares et, parmi les barbares, de ceux-là mêmes qui vivent en nomades. Quant à ceux qui habitent sur les côtes, ils sont devenus plus méchants ; ils pillent, ils égorgent les étrangers ; au contact de tant de gens qu'ils fréquentent, ils ont pris leur folle prodigalité et leur avidité : *c'est là, semble-t-il, un acheminement vers la civilisation, mais c'est aussi la ruine des bonnes mœurs*, c'est la substitution de la fourberie à la place de l'innocente simplicité dont nous parlions tout à l'heure. »

Si Strabon admet ici l'idéalisation des Scythes, du moins le fait-il plus pour les Scythes d'autrefois que pour ceux de son temps ; en outre, en d'autres endroits, après avoir discuté les renseignements d'Éphore, en suivant l'αἰτιολογεῖν de cet auteur, il expose, pour la première fois à notre connaissance, les causes de ce phénomène d'idéalisation[1] : il pense « que, suivant une croyance commune (κοινῇ τινι φήμῃ) aux anciens et aux modernes, on admet que *ceux qui habitent le plus loin du reste des humains* sont γαλακτοφάγοι et ἄβιοι et très justes, et que ce n'est pas là une invention d'Homère. » Ainsi donc Strabon a d'abord cherché[2] à mettre d'accord, d'une manière un peu superficielle, l'idéalisation des Scythes avec bien des traits connus de leur barbarie et de leur corruption, en attribuant cette corruption à l'in-

1. Strab. 7, 9 p. 303.
2. Pag. 301.

fluence de la civilisation hellénique, parce qu'il voyait précisément établis sur la côte les redoutables Tauriens. Mais, ensuite, il a reconnu[1] la vraie et subjective manière dont s'est produite la glorification de ces peuples, car c'est bien certainement le grand éloignement qui a permis l'idéalisation. Pour les Scythes, comme pour les Éthiopiens, il y a eu de plus l'appui d'Homère, et pour les Scythes seuls encore le voisinage des Éthiopiens. La civilisation hellénique lui paraît[2] avoir déjà gagné les Scythes, tandis que, dans Justin, ils sont en pleine opposition avec elle. Mais ce qui est neuf et original, c'est d'avoir peint cette civilisation comme mauvaise et corruptrice[3]. Rappelons-nous les jugements semblables sur les Ligures et les Bretons, jugements que nous rapportions à Posidonius[4], et nous constaterons une fois de plus les rapports de l'œuvre de Strabon avec les Ἱστορίαι de cet homme remarquable. C'est en effet chez Posidonius que, pour la première fois, nous trouvons franchement accusée l'antithèse satirique des ἡμεῖς, du καθ' ἡμᾶς βίος et de l'innocente simplicité des barbares, antithèse que les écrivains de Rome aiment à rendre par leur significatif *ibi* ou *illic*.

§ 19. Pomponius Méla. — Le géographe Pomponius Méla sait lever, autrement que Strabon,

1. P. 303.
2. P. 301.
3. La vie des peuples non civilisés est d'après Strabon 11. p. 513, αὐθέκαστος μὲν σκαιός τε καὶ ἄγριος καὶ πολεμικὸς, πρὸς δὲ τὰ συμβόλαια ἁπλοῦς καὶ ἀκάπηλος.
4. Voir plus haut, 1, § 11, p. 19.

la contradiction qui existe entre les Scythes barbares et les Scythes civilisés : suivant en général Éphore (avec ou sans intermédiaire?)[1], il lui emprunte simplement la distinction entre les différentes tribus, attribuant aux unes tout le bien, aux autres tout le mal qu'on racontait des Scythes[2].

En général, il appelle les habitants des côtes septentrionales du Pont-Euxin *asperi, inculti, pernoxii appulsis*[3], ce qui s'adresse principalement aux Tauriens, qui *immanes sunt moribus immanemque famam habent*[4]. Les Sarmates encore sont pour lui *Gens immanis atque atrox*[5]; les habitants de l'intérieur des terres *bella cædesque amant*[6]; leur *ritus asperior* est accompagné d'exemples de mœurs féroces qui ont beaucoup de rapport avec les mœurs que dépeint Hérodote.

D'autre part, voici ce que Méla raconte de certaines tribus[7] : Sarthæ (?)[8] *auri et argenti maximarum pestium ignari vice rerum commercia exercent, atque ob sæva hiemis admodum adsiduæ demersis*

1. Comparez les détails sur les Γυναικοκρατούμενοι dans Méla, I, 116, et dans Éphore *ap.* Scymnos v. 885.

2. Ἔφορος ...φησὶν εἶναι τῶν τε ἄλλων Σκυθῶν καὶ τῶν Σαυρομάτων τοὺς βίους ἀνομοίους κ. τ. λ. Strabon. Voir ci-dessus 1, § 9. — Valerius Flaccus agit de même, avec une liberté de poète, au début du sixième livre des Argonautiques.

3. Méla. 1, 106.

4. *Id.* 2, 11.

5. *Id.* 3, 34.

6. *Id.* 2, 12.

7. Solinus le suit en exagérant sur certains points 15, 14 p. 95. Mommsen. *Asiacæ neque mirantur aliena neque sua diligunt. Satarchæ usu auri argentique damnato in æternum (!) se a publica avaritia vindicarunt.*

8. Plutôt *Satarchæ*. 2, 10.

*in humum sedibus specus aut suffossa habitant,
totum bracati corpus, et nisi qua vident etiam
ora vestiti.* Le commencement de cette description
est d'accord avec Justin, le milieu avec Virgile, la
fin n'est d'accord ni avec l'un ni avec l'autre. — Méla
dit plus loin[1] : Asiacæ *furari quid sit ignorant :
ideoque nec sua custodiunt nec aliena contingunt,*
en quoi il se rencontre encore avec Justin. — Sau-
romatæ *quia pro sedibus plaustra habent, dicti
Amaxobiæ*[2] s'accorde également avec Horace, Salluste, Éphore, Hérodote et Hésiode, à l'exception
du nom *Amaxobiæ*, lequel paraît ici pour la première
fois[3]. Les *Aremphæi*[4] sont *justi* et *sacri*, comme le
disait Hérodote[5], dont Méla suit le récit, omettant
toutefois d'ajouter, comme le fait Hérodote, que ce
peuple ne peut aucunement être confondu avec les
Scythes. — Enfin, il décrit de nouveau en détail[6] les
Hyperboréens, d'après Pindare et Hécatée : leur
terre est *augusta, aprica, per se fertilis*[7]. *Cultores
justissimi et diutius quam ulli mortalium et beatius
vivunt. Quippe festo semper otio læti non bella
movere, non jurgia;* ils adorent Apollon Délien ; lorsqu'ils ont assez de la vie, ils se donnent la mort avec

1. Méla, 2, 11.
2. *Id.* 2, 2.
3. Strabon porte ἁμάξοικοι.
4. Méla, 1, 117.
5. Voir plus haut, 1, § 6.
6. Méla, 3, 36, 37.
7. Pareillement une certaine île appelée Talca dans la mer
Caspienne serait (3, 58) *sine cultu fertilis, fruge ac fructibus
abundans*, et de plus consacrée aux dieux : une espèce d'île
fortunée.

une joyeuse sérénité. Pline donnera plus tard[1] une description détaillée du même peuple; il ne suivra pas servilement Pomponius Méla, car Pline va jusqu'à lui faire la leçon et à l'appeler, à tort, *imperitus*. Cependant, il présentera avec lui, soit pour les faits, soit pour les expressions, de telles ressemblances qu'on peut croire qu'en définitive Pline avait confiance en Méla, et faisait fond sur lui. Hérodote n'a jamais compté les Hyperboréens au nombre des Scythes, pas plus du reste qu'Éphore, dont les peintures de la vie des Scythes n'ont fait penser ni Strabon, ni Scymnos ou Nicolas aux Hyperboréens, pas plus, en tout cas, qu'Hécatée qui place leur pays au-delà du pays des Celtes. C'est, au contraire, ce que font Pomponius Méla et Pline, puisant apparemment à une même source. Or, Méla suit à la fois des documents qui s'inspirent de la réalité, à l'exemple d'Hérodote, et des documents à tendances idéalisatrices, à l'exemple d'Éphore. Mais, ce qui est singulier, Éphore ne semble pas nommer ces tribus de *Satarchæ* et d'*Asiacæ* tant vantées par Méla, tandis qu'il dénombre soigneusement[2] le reste des tribus scythiques. C'est pourquoi, comme d'une part la description des *Satarchæ* et des *Asiacæ* répond pour les idées et même pour les expressions à ce qui se trouve dans Justin, comme d'autre part il est vraisemblable que Justin s'est servi de Posidonius, nous supposons que Méla, tout en suivant généralement Éphore, a enrichi ses récits d'emprunts faits à Posidonius. *Sed hæc in incerto relinquo.* Pour

1. *H. N.* 4, 89 sqq.
2. *Frag.* 76 et 78.

les Hyperboréens cependant, il n'a pas suivi Posidonius, car celui-ci les considérait plutôt comme habitant dans les Alpes, au nord de l'Italie[1].

Enfin Pline, dans le quatrième livre de l'*Histoire naturelle*, parle des Scythes très substantiellement, quoique avec sécheresse ; le passage sur les Hyperboréens repose le plus souvent sur Méla[2].

§ 20. **Les Sères.** — Cette vérité, reconnue par Strabon, que l'on aimait à regarder *les peuples les plus éloignés* comme les peuples les plus justes, est confirmée par l'exemple des Sères[3], dont le pays est situé à l'orient, bien plus loin encore que le pays des Scythes. Non seulement les Sères sont gratifiés d'une longévité extraordinaire, ce qui semble un trait habituel de ces idéalisations[4], mais encore ils sont appelés : *Genus plenum justitiæ*[5] ou *Mites*[6]. Bien plus, une branche des Sères, les *Attacori*, par la félicité dont ils jouissent, rappellent les Hyperboréens, et leur description dans Pline répond à celle qu'il fait de ces derniers[7] : *Sinus et gens hominum Attacororum*, apricis ab omni noxio adflatu,

1. Voir ci-dessus 1, § 11, p. 18 et l'Excurs.
2. Voir ci-dessus.
3. On peut citer encore, parmi les bienheureux de l'extrême Orient, les *Camarini*. Voir à leur sujet mon édition des *Geogr. lat. min.* p. 105-6, et Commodianus, *Apolog.* 934 sqq. A. R. 1885.
4. Voir ci-dessus 1, § 1. — Les Sères vivaient 200 ans d'après Strabon 15, 702, et même 300 ans d'après Lucien, *Exemples de longévité.* 5.
5. Méla 3, 60.
6. Pline 6, 54.
7. Pline 6, 55. — Cf. 6, 89, sur les Hyperboréens : *Regio aprica felici temperie, omni adflatu noxio carens.*

seclusa collibus. Eadem qua Hyperborei degunt
temperie. De iis privatim condidit volumen Amo-
metus, sicut Hecatæus de Hyperboreis. Plus tard,
Solinus[1] transcrivit ce passage, et Martianus Ca-
pella[2] le passage de Solinus.

J'arrête ici cette partie de mon travail, sans m'occuper des écrivains postérieurs[3].

DEUXIÈME PARTIE

L'Idéalisation des Germains
par les Romains.

Les Romains. — L'opposition stoïcienne. — Lucain. — Sénèque. — Le dix-huitième siècle. — Germains et Scythes.
— Les Germains dans Salluste. — Tacite.

Nous avons suivi le développement de la légende
scythe chez les Grecs et chez les Romains; il ne
nous reste plus maintenant qu'à expliquer la substitution dans la légende des Germains aux Scythes.

§ 1. **Les Romains.** — L'ensemble des idées
contenues dans la légende embellie des Scythes
plaisait fort aux Romains du commencement de l'Empire et même de la fin de la République; ce que
nous avons dit précédemment l'avait déjà fait
entrevoir. Les retours au bon vieux temps, le
souhait de Sertorius, la glorification des Scythes

1. *Coll. r. men.* p. 202. 17. Mommsen.
2. Mart. Cap. p. 240. Eyssenhardt.
3. Comme Ammien Marc. 23, 6, 62.

sous Auguste, l'espérance bien dès fois exprimée en un avenir meilleur[1] et maint autre détail qui sortirait du cadre de ce traité, démontrent également que cette tendance à l'idéalisation du lointain dans l'espace et dans le temps s'était considérablement développée. Cherchons donc les causes générales de ce grand développement.

Le monde romain, à bien des égards, avait extraordinairement gagné à l'établissement de l'Empire : le repos, l'ordre et la sécurité étaient rendus à la vie civile; le bien-être s'était accru; la justice et beaucoup d'autres institutions avaient été notablement améliorées. Nous reconnaissons hautement tous ces bienfaits avec les panégyristes anciens du gouvernement impérial, comme avec les historiens modernes qui acceptent le jugement généralement reçu de nos jours sur l'Empire. Cependant il nous est impossible de méconnaître que, dans la vie privée du peuple romain, il n'y eût alors beaucoup de corruption et de germes de mort. C'était en grande partie un héritage des âges précédents, dont le repos actuel favorisait beaucoup l'accroissement. Cette corruption venait surtout du désir effréné de jouissances qui régnait alors. Dans la capitale du monde, cette corruption était toute-puissante; aussi, par une conséquence inévitable, tous les esprits blasés, en proie au dégoût et à l'ennui, se trouvaient-ils dans un état contre

---

1. Par exemple dans la quatrième églogue de Virgile. R. — Voir encore : Preller, *Rœm. Mythol.* p. 272, et surtout Gaston Boissier, *La religion romaine*, in-8°, 1, 3 p. 291 sqq. Trad.

nature, dissolvant et démoralisateur. Quelle était en même temps la cause de la multiplication des suicides et de l'indifférence de ces rassasiés pour une vie qui ne pouvait plus rien leur offrir? Ce serait une erreur que de les attribuer uniquement à une théorie, à la philosophie stoïcienne. Ne serait-il pas plus exact de rapporter aussi l'influence grandissante de cette philosophie sur les grandes âmes comme l'accroissement du nombre des suicides à une cause commune, à savoir la démoralisation dont nous parlions? C'est à Rome surtout que cette démoralisation et l'état de mécontentement qu'elle engendre exerçaient, sur des âmes pleines de noblesse et sur des imaginations vives, leur action naturelle, et les portaient à croire que le bonheur perdu, la vertu, la simplicité et la virilité disparues devaient être cherchés au loin, soit dans l'espace, soit dans le temps. Telle est, dans les derniers moments si agités de la République, et quelques années auparavant, l'origine de la glorification, si peu conforme à maints égards à la vérité historique, du bon vieux temps de Rome, de ce temps qui avait produit Romulus et l'austère Caton[1].

§ 2. L'opposition stoïcienne. — Sous l'Empire, après Auguste, le phénomène suivant se produisit : la perversité personnelle de tant d'empereurs éloigna d'eux les Romains les mieux nés; ceux-ci passèrent à l'opposition et formèrent en secret une sorte de parti politique plus ou moins reconnaissable, mais en réalité inerte et passif, qui

1. On ne regardait pas à quelques siècles d'intervalle.

tournait des regards de regret vers les vieux temps
de la libre république aristocratique[1].

Peu à peu, un rapprochement s'opéra, surtout à la
faveur de la morale stoïcienne, entre les partisans
de cette doctrine d'une part, et, de l'autre, ces mé-
contents, ces membres d'une aristocratie incapable
d'agir par elle-même ; il en résulta une opposition de
nature toute particulière. Des deux côtés on trouva
un modèle dans l'adversaire de César, Caton
d'Utique. C'est ce Caton qui avait déjà dit en plein
sénat[2] — et cela me ramène à mon véritable sujet — :
ὡς οὐ Γερμανῶν οὐδὲ Κελτῶν παῖδας ἀλλ' ἐκεῖνον αὐτόν
(c'est-à-dire Καίσαρα), εἰ σωφρονοῦσι, φοβητέον ἐστὶν
αὐτοῖς. Plus encore, c'est lui qui, lorsque César, au
mépris d'un traité qu'ils avaient fait avec Rome,
marcha contre les Germains, et leur tua trois cent
mille hommes, et qu'on réclamait de toutes parts
qu'il fût fait aux dieux un sacrifice d'actions de
grâces, c'est lui qui avait demandé qu'on livrât le
général aux ennemis trahis[3]. Cette sorte de sym-
pathie pour les Germains, ou plutôt d'antipathie
pour les dictateurs, persista, durant le premier
siècle, parmi les membres du parti dont nous parlions tout à l'heure. Ces membres étaient entre
autres[4] Thrasea Pætus et son gendre Helvidius
Priscus, des écrivains comme Perse, Musonius

---

1. Il y aurait profit à rapprocher de ce passage l'étude si
intéressante et instructive de M. Gaston Boissier sur l'*opposition à Rome sous les Césars*. Hachette. Trad.

2. Plut. *Caton*. 51.

3. *Id*. Ἐκδιδόναι τὸν Καίσαρα τοῖς παρανομηθεῖσι καὶ μὴ τρέπειν
εἰς αὐτοὺς μηδὲ ἀναδέχεσθαι τὸ ἄγος εἰς τὴν πόλιν.

4. Voir H. Schiller, *Hist. de Néron*, pag. 666 sqq.

Rufus, Lucain, des philosophes comme l'hésitant
Sénèque, enfin Tacite. Ces hommes cherchaient et
trouvaient chez les peuples non civilisés, outre la
vertu et le bonheur, la liberté qu'ils n'avaient point
à Rome. Dans leurs rêves, aux Scythes, nos vieilles
connaissances, s'alliaient maintenant les Germains;
ces derniers même, plus importants pour les Romains, prenaient au premier rang une place marquée. Aussi trouvons-nous dans Lucain et dans
Sénèque une série d'assertions négligées jusqu'ici,
dans lesquelles l'éloge de la liberté, du bonheur, de
la vigueur et de la bravoure naturelles des Germains
est toujours mis en parallèle avec l'état de Rome.

§ 3. **Lucain.** — Si l'on en croit les plaintes de
Lucain[1], la victoire de César à Pharsale fut cause :

> Quod fugiens civile nefas, redituraque numquam
> *Libertas*, ultra Tigrim Rhenumque recessit,
> Ac, totiens nobis jugulo quæsita *vagatur*
> *Germanum Scythicumque bonum*, nec respicit ultra
> Ausoniam.

Il loue[2] chez les peuples du Nord leur mépris
de la mort :

> Omnis in Arctois populus quicumque pruinis
> Nascitur, indomitus bellis, et mortis amator.

Et avec plus de détails encore[3] :

> Certe populi, quos despicit Arctos
> Felices errore suo, quos ille, timorum
> Maximus haud urget, leti metus. Inde ruendi
> In ferrum mens prona viris, animæque rapaces
> Mortis : et ignavum, redituræ parcere vitæ.

1. *Phars.* 7, 432 sqq.
2. *Id.* 8, 363 sqq.
3. *Id.* 1, 458 sqq.

Ce passage parle aussi des Germains, et s'accorde à peu près avec la doctrine de l'immortalité de l'âme enseignée par les Druides aux Gaulois, et qui enflammait leur courage[1]. Aussi Appien dit-il des Germains d'Arioviste *qu'ils méprisaient la mort dans l'espoir d'une vie nouvelle*[2].

§ 4. Sénèque. — Nous trouvons dans Sénèque une foule de passages analogues. Dans le traité *De la Colère*, il parle souvent du caractère passionné des Germains. Ils n'ont, à son avis, que ce seul défaut, mais qui leur cause le plus grand tort[3]. Par exemple : *De ira* I, 11, 2. *Germanis quid est animosius, quid ad incursum acrius, quid armorum cupidius?... Quid induratius ad omnem patientiam? ut quibus magna ex parte non tegumenta corporum provisa sunt, non suffugia adversus perpetuum cæli rigorem. Hos tamen... molles bello viri... cædunt : ob nullam rem aliam opportunos quam ob iracundiam. Agedum, illis corporibus, illis animis delicias luxum opes ignorantibus da rationem, da disciplinam : ut nihil amplius dicam, necesse erit nobis certe mores Romanos repetere.* On

---

1. César. *B. G.* 6, 14. Chez les Gètes régnait également cette croyance (οἱ ἀθανατίζοντες. Hérod. 4, 94. 5, 4, etc.), ainsi que la bravoure et le mépris de la mort qui en sont les conséquences (Méla 2, 18).

2. App. *Celt.* 4. Θανάτου καταφρονηταὶ δι' ἐλπίδα ἀναβιώσεως. L'esprit de persévérance, la bravoure, la sobriété des Germains, mais en même temps l'indiscipline de leurs troupes sont décrites plus en détail par Appien, *l. c.*

3. Cf. Tac. *Germ.* 23, 2. 30, 2. En d'autres endroits, Sénèque a joué d'une manière inconséquente, le rôle de détracteur officiel des Germains : *ad Polyb.* 34. *ad Marc.* 3.

reconnaît facilement la prédilection du stoïcien qui, malgré son patriotisme, semble trouver en mainte occasion chez les Germains le modèle du stoïcisme; on voit aussi à la fin l'antithèse annoncée avec Rome, et même ce passage fait déjà songer au souhait célèbre de Tacite[1]. La *ira* donc est le seul défaut des Germains; voyez, par exemple, cet autre passage[2] : *Ut scias, inquit, iram habere in se generosi aliquid, liberas videbis gentes, quæ iracundissimæ sunt, ut Germanos et Scythas. Quod evenit, quia fortiora solidaque natura ingenia, antequam disciplina molliantur, prona in iram sunt... Non ideo vitia non sunt, si naturæ melioris indicia sunt. Deinde omnes istæ feritate liberæ gentes leonum luporumque ritu, ut servire non possunt, ita nec imperare.* Aussi cette *ira* est-elle l'indice d'une forte nature, le signe des meilleurs esprits[3]; seulement *ingenia natura fortia iracundiam ferunt, nihilque tenue et exile capiunt, ignea et fervida.* L'éloge des Germains contenu dans ces mots, ainsi que le tempérament qui y est apporté, ressemble beaucoup déjà à ce qu'on trouve dans Tacite; on sent que Rome est en rapports réels avec les Germains (ce qui manquait aux Grecs à l'égard des Scythes), et que, tout en les glorifiant, elle recherche involontairement le secret de leur force. Sénèque rappelle, avec de pathétiques louanges, l'exemple d'un Germain qui, à Rome, *in ludo bestiariorum*, se

---

1. *Germ.* 33. *Maneat, quæso, duretque gentibus, si non amor nostri, at certe odium sui.* Voir plus loin 2, § 8.

2. *De ira,* 2, 15, 1.

3. *Id.* 2, 15, 2.

donna lui-même la mort; cette action devait encourager le stoïcien et même lui imposer. *O virum fortem! s'écrie-t-il, o dignum, cui fati daretur electio! Quam fortiter gladio usus esset!*[1] En particulier, au point de vue stoïcien, il regarde aussi comme digne d'éloges la vie simple et sobre des peuples du Nord, vie qui les rend heureux et contents[2]. Le moraliste stoïcien Musonius Rufus vante de même, comme conformes à la nature, bien des traits que nous trouvons rapportés des Scythes et des Germains, par exemple l'habitude de vivre dans des antres, au lieu de maisons, et de manger les aliments crus au lieu de cuits.

§ 5. **Le dix-huitième siècle.** — Nous voyons ainsi que l'idéalisation des peuples du Nord date des temps les plus reculés, mais que c'est surtout à partir du malaise social du premier siècle après J.-C. qu'elle a gagné en force et en extension. C'est ici la place de mentionner un phénomène analogue dans les temps modernes, phénomène

---

1. *Epit.* 70, 9.
2. Voir de Provid. 4, 12 : Omnes considera gentes, in quibus Romana pax desinit : *Germanos* dico et quidquid *circa Istrum vagarum gentium* occursat. Perpetua illis hiems, triste cœlum premit, maligne solum sterile sustentat, imbrem culmo aut fronde defendunt, super durata glacie stagna persultant, in alimentum feras captant. Miseri tibi videntur? Nihil miserum est, quod in naturam consuetudo perduxit. Paulatim enim voluptati sunt, quæ necessitate cœperunt. Nulla illis domicilia, nullæ sedes sunt, nisi quas lassitudo in diem posuit; vilis, et hic quærendus manu, victus; horrenda iniquitas cæli, intecta corpora : hoc tibi *calamitas* videtur, tot gentium *vita* est.

qu'a étudié Pallmann[1] et sur lequel M. le professeur Creizenach m'a communiqué plusieurs remarques et développements dignes d'attention. Je veux parler des divagations sur les peuples à l'état de nature, qui se produisirent au xviiie siècle, et qui étaient autant d'antithèses aux conditions artificielles, conventionnelles et serviles d'une vie sans bonheur. A ces aspirations élégiaques vers une île fortunée ou une douce bergerie arcadienne, comme dans les poèmes de Florian et de Sal. Gessner, aspirations qui se prolongèrent longtemps dans les *Robinsonnades*[2], se joignirent des rêveries sur un passé bien meilleur. Que l'on songe aux panégyriques que Klopstock fait des vieux Germains, et à l'enthousiasme qu'alluma pour les vieux montagnards d'Écosse le faux Ossian de Macpherson! De plus, dans le présent même, il devait exister de ces hommes excellents, mais, cela va sans dire, à une grande distance de notre monde civilisé, servile et dénaturé. Sur les sommets des Alpes, par exemple, dont on apprit alors à admirer la beauté, vivait une race d'hommes vantée par Haller comme une race simple, honnête et libre, heureuse aussi, car, à l'instar des Suèves de César, elle s'abstenait

1. *Gesch. d. Vœlkerwanderung* 1, pag. 15.
2. M. Demogeot, *Hist. des litt. étrang.*, p. 132, dit à propos du roman de Daniel de Foë : « L'heureuse idée de placer l'homme seul dans la création, face à face avec Dieu, et ramené à la vertu par la solitude, dut exercer une séduction poétique sur les esprits. C'était déjà en germe la théorie de J.-J. Rousseau (les *Avent. de Robinson Crusoé* sont de 1719); c'étaient les aspirations du dix-huitième siècle, corrompu et blasé, vers l'éternelle jeunesse de la nature. » Trad.

de vin[1]! Persans, Arabes, Chinois valaient mieux que les Européens. Chr. Wolf proclamait que la plus belle des morales était la morale chinoise; les Persans ou les Arabes étaient cités dans les fables, paraboles, etc., comme des modèles de sagesse et de vertu, et opposés aux chrétiens. C'est là ce qui fournit à Montesquieu la donnée première et le cadre des *Lettres persanes*[2].

Un nouvel essor sera donné à ces rêveries, lorsque des peuples, encore à l'état d'innocence, seront découverts par les voyages de Wilson, de Forster et de Cook dans les îles enchanteresses de l'Océan Pacifique. Ces peuples paraîtront posséder des droits absolus au bonheur idéal conforme aux lois de la nature. Ainsi, ces insulaires, et avec eux les Indiens au cœur noble et valeureux — (les Indiens surtout, parce qu'ils vivaient en guerre avec la civilisation européenne), — ainsi, *des sauvages* furent alors idéalisés. Rousseau présenta leur défense sous une forme pseudo-scientifique[3]. Voltaire, dans l'*Ingénu*, reprit, pour en faire la satire, les théories de Rousseau qui furent répandues dans la littérature française par Bernardin de Saint-Pierre, Chateaubriand, etc., et qui, propagées par de nombreux romans, s'implantèrent dans la littérature allemande

---

1. Cf. dans Rousseau, *Lettre à d'Alembert sur les spectacles*, l'éloge des Montagnons. Trad.

2. Parmi les ouvrages que Montesquieu eut probablement sous les yeux, il faut citer : les *Amusements sérieux et comiques*, de Ch. Rivière du Fresny, les *Mille et une nuits*, les récits de Chardin et de Tavernier, les *Mémoires du sérail* de Mme de Villedieu, etc. Trad.

3. Rousseau se rapproche parfois de Justin.

et dans la littérature anglaise. Ce sont les mêmes idées qui dominent dans le célèbre poème de Seume, intitulé : *le Sauvage*, 1804 ; on y voit un Canadien qui, surpris de la politesse fardée des Européens, pousse cette pathétique exclamation : « *Pourtant, nous autres Sauvages, nous sommes meilleurs que vous!* » Cependant, d'après des jugements plus sains, quel abîme n'y avait-il pas entre l'idéal que l'on se faisait de ces peuples et la réalité! Mais on ne rêvait que nature et que liberté, et l'on croyait voir réalisé ce double rêve de l'imagination.

§ 6. **Germains et Scythes.** — Si nous avons démontré comment il était naturel qu'à l'époque impériale on songeât à idéaliser les peuples barbares, nous n'avons pas donné de réponse complète à la question suivante : pourquoi choisissait-on de préférence pour les idéaliser, en sus des Scythes, les Germains? Ne pouvait-on pas prendre tout aussi bien les habitants de la Pannonie et de la Norique, les Ibères et les Gétules, les Arabes et les Parthes? Plusieurs causes influèrent sur le choix qu'on fit; nous allons les énumérer.

Premièrement, comme on l'a déjà dit, ce qu'il fallait à l'opposition stoïcienne sous l'Empire, c'était un pareil peuple que les empereurs voulaient toujours dompter et ne pouvaient pourtant pas vaincre ; cela servait à rappeler que la toute-puissance impériale a des bornes. Mais, les Parthes ne présentaient-ils pas les mêmes avantages? Non, car ils avaient un gouvernement despotique, tandis que les Germains offraient en même temps un exemple de *libertas,* de *libertas* aristocratique [1]. Ni Asinius Pollion, comme je l'ai cru naguère, ni Tite-Live, qui dans son cent quatrième livre décrit *situm Germaniæ moresque,* ne peuvent avoir fondé cette croyance ; elle a bien plutôt grandi étroitement liée avec l'opposition stoïcienne, dont elle est le propre ouvrage.

Deuxièmement, on peut reconnaître l'influence de Posidonius. C'est lui qui, le premier (nous l'avons montré plus haut), inaugura l'idéalisation des peuples barbares du Nord-Ouest, sans cependant parler précisément des Germains. La cause du déplacement vers l'Ouest du peuple idéal des Hyperboréens bienheureux est exposée dans l'excursus : Héraclide peint les Celtes comme des Hyperboréens, Posidonius place même les Hyperboréens dans les Alpes, ce qui, dans son idée, signifie aux sources du Danube, c'est-à-dire évidemment dans le pays des Germains ! Cette circonstance donc *peut* avoir contribué à la glorification des Germains, puisque Posidonius jouissait alors d'une grande considération ; mais, je ne donne cette explication que comme une pure hypothèse dont je ne veux tirer aucune conséquence.

Enfin, la substitution des Scythes aux Germains est surtout expliquée par ce fait, que les deux peuples possédaient, d'après ce qu'en savaient les anciens, des ressemblances nombreuses, et cependant aussi tant de différences qu'une complète

---

1. Regno Arsacis acrior est Germanorum libertas. Tac. *Germ.* 37.

identification, telle qu'on la rêvait [1], était impossible [2]. Ainsi, Scythes et Germains habitent fort au delà de la frontière nord de l'Empire, dans un pays froid et inhospitalier ; les uns et les autres aiment passionnément la guerre, sont courageux et emportés [3] ; ils sont francs, qualité qui était si connue depuis le scythe Anacharsis, qu'on pouvait dire à bon droit d'une opinion exprimée avec franchise : ἡ ἀπὸ Σκυθῶν ῥῆσις [4] ; on vantait aussi la franchise des Germains. Qu'on se rappelle la liberté avec laquelle parlèrent et agirent les ambassadeurs germains au théâtre de Rome [5]. Scythes et Germains sont d'excellents soldats, de robustes chasseurs ; ils ont des mœurs simples, étrangères à tout raffinement, ils ne vivent point dans les villes, ne sont guère agriculteurs, ou même ne le sont pas du tout, mais élèvent des bestiaux. Ils n'ont, ni les uns ni les autres, de propriétés particulières distinctes, et ne font point le commerce avec de l'argent [6] ; mais ils s'adonnent au même vice : l'ivrognerie. Les deux peuples délibèrent la coupe en main et ne décident que plus tard, à jeun [7]. Lucain remarque chez les

1. Voir plus bas.
2. « Scythes et Galates » dit Polybe 9, 34, 11 mettant déjà les peuples du Nord sur une même ligne, pour la perfidie, il est vrai ! Cf. Strab. 11, 507. Ἅπαντας μὲν δὴ τοὺς προσβόρου; κοινῶς οἱ παλαιοὶ τῶν Ἑλλήνων συγγραφεῖς Σκύθας καὶ Κελτοσκύθας ἐκάλουν.
3. Rappelons-nous le θυμοειδές des Scythes dans Platon, l. c. et l'*iracundia* des Germains dans Sénèque l. c.
4. Diog. L. 1, 101. Voir Athénée 12, 524 e.
5. Tac. *Ann.* 13, 54. Suét. *Claud.* 25.
6. Éphore, Justin, Tacite *Germ.* 5 et 26.
7. Eustat. *ad Od.* 3, 138. Tac. *Germ.* 22.

Gaulois comme chez les Germains la bravoure que produit la croyance en l'immortalité ; Hérodote la constate chez les Gètes. Scythes et Germains emmènent avec eux leurs femmes au combat[1]. Ils ont pareillement les yeux bleus, les cheveux roux et plats[2]; ils se nourrissent de préférence de lait et de viande[3]. Les Scythes d'Horace, de Virgile et de Justin ont de plus en commun avec les Germains de Tacite : la pureté du mariage et la punition sévère de l'adultère[4], la coutume de changer annuellement entre eux les champs qu'ils cultivent[5], de passer l'hiver dans des grottes[6], de consacrer de longues heures au jeu et aux libations[7], enfin, l'habitude d'attribuer leurs vertus aux bonnes mœurs et non aux bonnes lois[8]. Il faut encore mentionner ici la parenté, acceptée par plusieurs auteurs, des Cimmériens (Scythes) et des Cimbres.

Mais à cela se borne l'identité ou la ressemblance, et les deux peuples diffèrent sur tous les autres points. Les Scythes sont nomades, les Germains ont des demeures fixes[9], *Domos figunt*, ce

---

1. Ukert, p. 281 sqq. Tac. *Germ.* 7. 8.
2. Ukert, p. 287, cite les passages.
3. Strab. 11, 493. Cic. *Tusc.* 5, 90. — Éphore donne des renseignements différents. — Cés. *B. G.* 4, 1. 6, 22. Tac. *Germ.* 23.
4. Hor. Tac. *Germ.* 19. Salvianus, *De gubern. Dei* 7, 16 et Bonifacius *epist.* 72. A. Riese 1885. Pour la question de la dot, voir ci-dessus 1, § 17, p. 58, en note.
5. Hor. Cés. *B. G.* 4, 1. Tac. *Germ.* 26.
6. Virg. Tac. *Germ.* 16.
7. Virg. *Géorg.* 3, 379. Tac. *Germ.* 23. 24.
8. Just. 2, 2. Non pas Hor.; Tac. *Germ.* 19.
9. Tac. *Germ.* 16.

qui les distingue des *Sarmatis in plaustro equoque viventibus*[1], et même, en temps de paix, ils aiment à garder la maison[2]. Les Scythes se couvrent tout le corps de peaux, ou sont *bracati*, de sorte que le visage seul reste à découvert[3]; les Germains portent un *sagum* ou une petite peau, mais dans leurs maisons sont *intecti*[4]. La boisson alcoolisée des Germains se fait avec de l'orge[5], celle des Scythes avec le fruit acide du sorbier[6]. Les Scythes étaient gouvernés par des rois, les Germains délibéraient eux-mêmes dans les assemblées[7]. Les Scythes seuls empoisonnaient leurs flèches. Ils prenaient des bains chauds, les Germains se plongeaient dans l'eau glacée des fleuves. On pourrait citer encore bien d'autres détails pour démontrer que Tacite, quand il se rencontre avec la peinture des Scythes, ne transporte pas au hasard et sans s'être enquis leurs coutumes aux Germains. Ajoutez qu'il s'accorde avec ce que César dit des Germains, et, précisément sur des points où il diffère des autres, par exemple en ce qui concerne le vêtement et la nourriture. Il me fallait le constater ici, et relever encore une fois que la ressemblance entre Tacite et les

1. *Id.* 46.
2. *Id.* 17.
3. Just., Méla. — Sénèque dira la même chose des Scythes : *Hodie magna Scytharum pars tergis vulpium induitur ac murium. Ep.* 90.
4. Sall. *Hist.* 3, 57 K. Tac. *Germ.* 17. Cés. *B. G.* 6, 21 : *Magna corporis parte nuda.*
5. Tac. *Germ.* 23.
6. Virg. *Géorg.* 3, 380.
7. Tac. *Germ.* 11.

trois descriptions des Scythes[1] est en partie fortuite, en partie produite par la force des choses, afin d'établir le point de vue où je compte me placer dans l'étude suivante.

§ 7. Les Germains dans Salluste. — Le

moment est venu de discuter une idée qui a été souvent reprise depuis que Kritz[2] l'a émise pour la première fois en 1853, et que Rudolf Kœpke[3] en a fait paraître une ingénieuse défense. Des ressemblances mentionnées entre les Germains de Tacite et les Scythes de Justin, d'Horace et de Virgile, on conclut que ces écrivains doivent avoir puisé à une même source qui aurait été de nature à fournir des renseignements pouvant convenir aux Scythes comme aux Germains. Cette source commune aurait été les *Historiæ* de Salluste, qui, dans le récit de

---

1. On a cité encore d'autres passages analogues pour les expressions, mais différents pour le contenu; les discuter me paraît inutile. Wiedemann (voir plus bas), par exemple, page 175, rapproche le chap. 23, 2 de Tacite du passage 1, 8, 7 de Justin; mais, l'un renferme une remarque générale sur l'ivrognerie des Germains, l'autre ne raconte qu'un seul cas d'ivrognerie des Scythes.

2. Ed. Sallustii 3, p. 238.

3. R. Kœpke, *Die Anfænge des Kœnigthums bei den Gothen* (Berlin 1859) p. 208-226. Quelques points sont complétés par Th. Wiedemann, *Sur une source de la Germanie de Tacite*, dans les *Forschungen zur deutschen Geschichte*, vol. 1, 1 (Gœttingen 1864) p. 171-194. Voyez aussi O. Breuker, *Quo jure Sallustius Tacito in describendis Germanorum moribus auctor fuisse putetur* (Programme du gymnase Frédéric-Guillaume à Cologne, 1870). Une continuation de ce traité, qui contiendrait une réfutation des vues de Kœpke et de Wiedemann, n'a pas encore paru, du moins à ma connaissance. Baumstarck, p. 100 sqq. se déclare contre cette hypothèse.

la guerre faite par les peuples septentrionaux alliés
du roi de Pont Mithridate [1], a intercalé une digression citée par les anciens sous le titre de *situs
Ponti* ou *situs Ponticus* [2]. Dans cette digression,
il aurait transporté *quelques coutumes des Scythes
aux Germains encore peu connus* [3]: ou, comme Wiedemann le pense avec plus de sagacité, il y aurait
dépeint les Gètes, les Scythes et les Bastarnes
comme des habitants des bords de la mer Noire.
Mais ces Bastarnes, qui étaient les voisins des
Scythes, qui avaient les mêmes mœurs que les
Scythes, auraient été une tribu germaine ; voilà
ce qui aurait fait que la même description pouvait
convenir aussi bien aux Scythes qu'aux Germains.
De plus, Salluste est précisément un homme auquel, à cause de son profond dégoût de l'état
actuel du monde romain, on peut en toute justice
attribuer une telle idéalisation des peuples barbares ; et, en effet, dans ses applications morales,
il a été souvent imité.

Cette hypothèse est fort habilement échafaudée,
mais elle paraît bien peu solide dès qu'on en examine les fondements. Tout à fait au commencement, avant d'avoir choisi dans l'étude des Scythes
un point de vue déterminé, Kœpke fait intervenir
les Germains de César, et comme ces Germains ne
connaissent pas la propriété particulière et chan-

1. Appien, *Mithr.* 15. Φίλοις δ' ἐς πᾶν τὸ κελευόμενον ἑτοίμοις
χρῆται Σκύθαις τε καὶ Ταύροις καὶ Βαστάρναις καὶ Θραξὶ καὶ Σαρμάταις
καὶ πᾶσι τοῖς ἀμφὶ Τάναϊν τε καὶ Ἴστρον καὶ τὴν λίμνην ἔτι τὴν
Μαιωτίδα. Cf. c. 69.
2. *Frag.* 3, 11, 15 Kritz.
3. Kœpke p. 221.

gent entre eux de champs chaque année[1], il se contente un moment de ce fait pour établir un rapport marqué entre les tableaux d'Horace, de Virgile et de Justin, et celui de César. Kœpke raisonne comme si pareille chose ne se pratiquait pas fréquemment chez les peuples primitifs, et comme si le récit d'Horace, qui ne concerne que les Scythes *seuls*, ne pouvait pas reposer sur une erreur[2]. Du reste, tout ce qui a été dit de plus pour prouver que les récits sur les Scythes et les Germains proviennent de Salluste est insoutenable. Premièrement, Salluste parle des Germains dans un fragment des *Histoires : « Germani (cetera,* complète Dietsch) *intectum renonibus corpus tegunt*[3]. Mais bien loin d'avoir trait à des peuples germains des bords de la mer Noire, ce passage est plutôt emprunté à la description de César, que Kœpke aussi a citée, et, par conséquent, a trait à des Germains d'outre Rhin. C'est à ceux-là uniquement que convient le *intectum corpus ;* car, dans César on trouve[4] : *Germani... pellibus aut parvis* renonum *tegimentis utuntur, magna corporis* parte nuda ». Quant aux peuples occidentaux de la mer Noire, nous voyons partout qu'ils ont des vêtements de peaux qui les couvrent *des pieds à la tête*[5], mais jamais qu'ils aient un costume aussi

---

1. Tout ce que Kœpke avance encore à l'appui est aussi faible comme point de comparaison.

2. Voir plus haut 1, § 17 : les Suèves confondus avec les Scythes.

3. *Frag.* 3, 57 Kritz. Cf. *Vestes de pellibus renones vocantur.* 58.

4. *B. G.* 6, 21.

5. Par exemple dans Virgile et Justin.

léger. Aussi le fragment 3,78 : *Crixo et gentis ejusdem Gallis atque Germanis,* ne désigne-t-il absolument que des Germains de l'Allemagne proprement dite[1]. En somme, Salluste ne *pouvait* pas employer le nom de *Germain,* nouveau encore alors dans le public, dans un autre sens que le sens courant, et les recherches ethnographiques qui lui auraient démontré que les Bastarnes du Pont-Euxin étaient des Germains, lui étaient entièrement étrangères et impossibles.

Et maintenant, j'arrive au point le plus faible de cette argumentation. Pour la question : les Bastarnes étaient-ils Germains, Wiedemann[2] s'en rapporte à Zeuss, à Brandes[3] et à J. Grimm. Il aurait pu en appeler aussi à Pline, et, avec quelque réserve, à Strabon, sans toutefois atteindre pour cela son but. Car, ce qu'il avait à démontrer, ce n'était pas que les Bastarnes *sont* Germains, mais que Salluste *pouvait les croire* Germains. Or, c'est, comme je l'ai affirmé, ce que Salluste ne pouvait pas faire. Les écrivains grecs jusqu'à Auguste considèrent les Germains comme des Celtes ; mais, pour les Bastarnes, dès qu'ils les rattachent à quelque grande race, ils les considèrent comme des Scythes ou comme des Thraces ; aucun auteur du règne d'Auguste ou antérieur au

----

1. De même le *frag.* **3, 55.** Voir plus bas.

2. Page 183, n. 2.

3. Mais Brandes dit expressément (*Celtes et Germains,* p. 141) que ce ne fut *qu'après Tite-Live* que les Romains acquirent des notions plus exactes sur la nationalité des Bastarnes !

règne d'Auguste ne les tient pour Germains, pas même par manière d'hypothèse. Le premier écrivain qui les mentionne (car Polybe ne parle pas de leur nationalité), est l'auteur de la *Périégèse* faussement attribuée à Scymnos[1], et qui paraît remonter à 90 av. J.-C.[2]; il y est question des Peucins habitants de l'île de Peucé à l'embouchure du Danube : Οὗτοι δὲ Θρᾷκες Βαστάρναι τ' ἐπήλυδες[3], ils sont là associés aux Thraces, et appelés *les émigrés,* ce qui signifie qu'ils sont venus du continent, et non pas, comme on l'a dit, des lointains marais (de la Germanie). Parmi les historiens qui ont parlé de cette époque[4], Dion[5] dit des Bastarnes : Ἀντώνιος ἡττήθη πρὸς τῶν Σκυθῶν τῶν Βαστάρνων, et de nouveau[6] : Βαστάρναι Σκύθαι[7]; Appien, au contraire, les désigne[8] comme Thraces en ces termes : « Ils appartiennent aussi à la race thrace tous ceux qui habitent les rives de l'Ister, le mont Rhodope et l'Hémus, et particulièrement les Bastarnes, la tribu la plus courageuse, τὸ ἀλκιμώτατον αὐτῶν γένος, de celles qui embrassèrent le parti de Mithridate. » Strabon encore[9] distingue souvent en termes exprès les

---

1. *Geogr. gr. min.* Didot 1, p. 196 sqq.
2. *Id. proleg.* p. LXXVIII.
3. Vers 797.
4. Il est vrai que ces historiens vécurent plus tard, mais en définitive ils remontent à des documents contemporains.
5. En 59 av. J.-C. — 38, 10.
6. *Id.* 51, 23. En 29 av. J.-C.
7. Comparez encore avec le ch. 24 : Ἀυτοὺς (τοὺς Βαστάρνας) κατεμέθυσεν... ἀπλήστως τε γὰρ ἐμφορεῖται πᾶν τὸ Σκυθικὸν φῦλον οἴνου καὶ ὑπερκορὲς αὐτοῦ ταχὺ γίγνεται.
8. *Mithr.* 69.
9. En 18 ap. J.-C.

Bastarnes des Germains[1], en particulier page 194 :
Τί δ' ἐστὶ πέραν τῆς Γερμανίας καὶ τί τῶν ἄλλων τῶν ἑξῆς,
εἴτε Βαστάρνας χρὴ λέγειν, ὡς οἱ πλείους ὑπονοοῦσιν εἴτ'
ἄλλους ...οὐ ῥάδιον εἰπεῖν, tandis qu'il laisse mêlés aux
Thraces[2] les Scythes, les Sauromates et les Bastarnes, et que le seul passage de lui qu'on a cité en
faveur du germanisme des Bastarnes[3] : Ἐν δὲ τῇ
μεσογαίᾳ Βαστάρναι μὲν τοῖς Τυρεγέταις ὅμοροι καὶ
Γερμανοῖς, σχεδόν τι καὶ αὐτοὶ τοῦ Γερμανικοῦ γένους
ὄντες, d'après lequel ils sont en quelque sorte appa-
rentés aux Germains, tout en n'étant qu'un peuple
voisin, c'est-à-dire tout en étant un peuple distinct,
peut être interprété en faveur de l'opinion contraire.
A l'instar de Strabon, Denys le Périégète cite
comme peuples habitant au Nord du Danube[4]
Γερμανοὶ Σαρμάται τε Γέται δ' ἅμα Βαστάρναι τε κτλ.
C'est Pline le premier qui donne expressément les
Bastarnes pour des Germains[5] : *Quinta pars (Germanorum) Peucini, Bastarnæ. Et[6] A Maro...
aversa Basternæi tenent* aliique *inde Germani,*

---

1. Strab. p. 93 : Τὰ Γερμανικὰ καὶ τὰ Βρεταννικά, ὡς δ' αὕτως
τὰ τῶν Γετῶν καὶ Βασταρνῶν. — P. 118 : Βρεταννοὺς καὶ Γερμανοὺς
καὶ τοὺς περὶ τὸν Ἴστρον τούς τε ἐντὸς καὶ τοὺς ἐκτὸς Γέτας τε καὶ
Τυρεγέτας καὶ Βαστάρνας. — P. 128 : Le Danube a sur sa gauche
τήν τε Γερμανίαν ὅλην... καὶ τὸ Γετικὸν πᾶν καὶ τὸ τῶν Τυρεγετῶν
καὶ Βασταρνῶν καὶ Σαυρομάτων. — P. 289 : Au nord du Danube
seraient τὰ Γαλακτικὰ ἔθνη καὶ τὰ Γερμανικὰ μέχρι Βασταρνῶν καὶ
Τυρεγετῶν.
2. P. 296.
3. P. 306.
4. Vers 304.
5. *H. N.* 4, 100. T. Live les appelle toujours Gaulois. 11.
Trad.
6. *Id.* 4, 81.

tandis que Tacite lui-même[1] en doute encore. Mais, quelques lignes plus bas, Pline donne l'explication de cette manière de voir nouvelle par ces mots tant discutés : *Scytharum nomen usquequaque transit in Sarmatas atque Germanos. Nec aliis prisca illa duravit appellatio, quam qui extremi gentium harum ignoti prope ceteris mortalibus degunt.* Ainsi donc, pour la première fois vers l'époque de Pline, ou un peu auparavant, le peuple des Bastarnes, jadis considéré comme scythe ou comme thrace, fut regardé comme germain, peut-être avec raison[2], tandis que pour Salluste, qui vivait environ cent ans avant, une pareille supposition est absolument à repousser. Enfin, une autre opinion est encore avancée par Tite-Live[3] et par Plutarque[4], d'après laquelle les Bastarnes étaient Celtes, Γαλάται[5] ; seulement, cette opinion, en supposant qu'elle eût déjà existé au temps de Salluste, ne pourrait nous amener à croire que Salluste ait attribué à des Germains les mœurs d'un peuple celte ; il devait connaître pourtant les *Commentaires* de César, où il pouvait voir Celtes et Ger-

---

1. *Germ.* 46.

2. C'est là aussi le prélude de l'identification faite postérieurement des Gètes et des Goths, identification qui, malgré la défense de J. Grimm, passe à bon droit aujourd'hui pour un jeu de mots étymologique.

3. T. Liv. 40, 57, 7 cf. *perioch.* 63.

4. *Paul-Émile,* 9.

5. C'est aussi ce que semble donner à entendre Val. Flaccus, *Argon.* 6, 97, lorsqu'il nomme leur chef Teutagonus ; à moins qu'il ne veuille indiquer par là, comme son contemporain Pline, qu'ils sont Germains ?

mains dépeints comme des peuples fort différents[1]. Salluste ne prenait donc pas les Bastarnes pour des Germains, pas plus qu'un écrivain antérieur au IIIe siècle après J.-C. n'a pu prendre jamais les Gètes pour des Germains. Mieux encore, cela se voit dans Salluste lui-même, dont on cite les deux fragments sur le Danube[2] pour prouver qu'il assimilait les Scythes aux Germains. Car, il n'y a pas seulement, dans le fragment 55 tel que Kritz le donne d'après Acron et Arusianus : *Nomenque Danubium habet,* mais il y a encore, d'après la

---

1. Il ne faudrait pas que, pour combattre cet argument, on mît en avant le dernier chapitre du *Jugurtha,* dans lequel on voit Q. Cæpion et Cn. Manlius en 105 av. J.-C. livrer un combat malheureux *advorsum Gallos,* c'est-à-dire contre les Cimbres, par suite contre des Germains, ce qui semblerait établir une identification entre Gaulois et Germains. En effet, la bataille fut livrée en Gaule sur les bords du Rhône près d'*Arausio,* Orange; des peuples gaulois combattirent dans l'armée des Cimbres, notamment les Helvètes, et, ce qui est le point le plus important, Salluste se contente d'une simple allusion, lorsqu'il dit à la fin que *provincia* Gallia *decreta est* à Marius (la Gaule narbonaise de plus tard, d'où Marius avait à chasser les Cimbres), et lorsque, dans une phrase à effet renfermant un éloge à l'adresse de César vainqueur des Gaules, il constate que « *Illinque... Romani sic habuere... cum Gallis pro salute, non pro gloria certari.* » De plus, on n'avait pas alors une idée bien claire de la généalogie des Cimbres : Cicéron, *de prov. cons.* 13, 32, les donne aussi pour des *Galli;* César *B. G.* 1, 40. et Horace, *Ép.* 16, 7, pour des Germains. Pour la première fois, sous Auguste, ils furent généralement regardés comme Germains, mais non pas absolument à juste titre. Brandes, *Celtes et Germains* p. 107. Comparez encore Florus 1, 38, 1. — Quand on voyait des Gaulois dans les Cimbres, c'est qu'on se rappelait encore les incursions des anciens Gaulois avec Brennus et autres chefs.

2. Kritz, 3, 55 et 56.

nouvelle édition plus complète de Porphyrion[1], de W. Meyer : *Nomen Danubium habet ut ad Germanorum terras adstringit.* On voit fort clairement par là que Salluste ne tenait pour Germains ni les Bastarnes, ni quiconque habitait vers la partie inférieure du cours du fleuve, sur l'Ister, mais qu'il admettait, comme César, que les Germains habitaient seulement à l'Ouest, et particulièrement vers la partie supérieure du cours du fleuve, sur le Danube. Les fragments sur les Germains n'appartiennent donc pas du tout au *Situs Ponti,* mais bien tous les deux à l'Ister[2] ou au Danube[3]; les derniers mots de la citation précédente ne permettent guère d'admettre que Salluste, comme Hérodote par exemple, considérât ce fleuve en remontant de l'Est à l'Ouest.

De plus, on peut dire, pour combattre l'opinion de Kœpke, que si Salluste avait aussi placé les Germains dans sa peinture idéalisée, il n'y avait aucune raison pour que les poètes qui le suivirent, ne les plaçassent point dans les leurs. Kœpke pense il est vrai[4] qu'il y en avait une : c'est que, au temps d'Auguste, « *l'orgueil national et mille autres considérations devaient interdire de donner comme un modèle de vertu, le redoutable ennemi de l'empire qui menaçait les frontières de la Gaule.* » Mais, cet argument tombe, dès qu'on examine plus attentivement les rapports chronologiques.

1. *Ad Hor. carm.* 4, 4, 38.
2. *Frag.* 56.
3. *Frag.* 55.
4. Pag. 222.

Salluste écrivit les *Histoires* dans les années qui précédèrent sa mort arrivée en 35, Virgile publia les *Géorgiques* de 37 à 30, enfin Horace composa son *Épode* vers 29 ou 28 suivant l'opinion généralement admise. Tous les trois ont donc écrit à la même époque, et au milieu des mêmes circonstances : la paix régnait sur les bords du Rhin, et le droit de louer les Germains devait être accordé à tous également, ou ne devait être concédé à personne.

Il est encore fort peu vraisemblable que Tacite, parce que les peintures qu'il fait des Scythes s'accordent souvent avec celles de Salluste, les ait tirées de Salluste; car, non seulement sur la plupart des points il diffère de lui, comme nous l'avons déjà montré, par son entière indépendance, mais encore il dit que les Sarmates *vivent en chariot*[1] (ce qui est une coutume qu'Horace et Justin vantent chez les Scythes), afin d'établir que les Sarmates ne sont pas de race germanique; de même encore il déclare que le pays des Germains est parfaitement séparé de celui des Sarmates[2].

D'autre part Salluste n'a pas davantage idéalisé les peuples éloignés, comme le pense Kœpke; Salluste n'a idéalisé que les Romains des anciens temps[3]. C'est aux seuls Romains que se rapportent les parallèles entre le passé et le présent qu'on lit dans le *Catilina* et dans le *Jugurtha*, comme par

---

1. *Germ.* 16.
2. *Germania... a Sarmatis... mutuo metu aut montibus separatur. Id.* 1.
3. Voir ci-dessus 1, § 14, p. 54.

exemple dans ces passages où l'historien dit *qu'autrefois la justice et la probité étaient garanties moins encore par les lois que par les bonnes mœurs,* et qu'alors *la cupidité était inconnue*[1]. La première de ces deux remarques se retrouve également chez Justin qui l'applique aux Scythes, et comme Justin, ou plutôt Trogue Pompée, suivait un auteur grec[2], ce Grec avait donc fait la même remarque, d'ailleurs bien naturelle. Par conséquent Kœpke, dans son argumentation, nous paraît jouer avec des probabilités; aussi devrions-nous nous contenter de reconnaître dans Tacite et dans les panégyristes des Scythes une même tendance, développée peut-être chez Tacite par la lecture de Salluste, mais sans croire, pour cela, que Tacite aurait dans certains cas copié tels ou tels passages de Salluste[3].

Maintenant, les deux fragments de Salluste ne sont-ils qu'une note rapide accidentellement donnée, font-ils partie du récit de la Guerre des esclaves, dans laquelle les esclaves germains jouèrent un rôle important, font-ils partie de la description des frontières de l'empire romain, ou bien se plaçaient-ils ailleurs? Nous l'ignorons. En tout cas, ce fut la guerre de Mithridate qui amena Salluste à parler des Scythes.

En résumé, ce n'est que par le fait du hasard que Tacite, dans la *Germanie,* se rencontre avec les

---

1. *Cat.* 9 et 10.

2. On n'en peut douter en lisant les derniers mots de sa description. Voir ci-dessus 1, § 17, p. 55.

3. Voir Baumstark entre autres O. p. 101. Cf p. 99.

écrivains qui peignent les mœurs des Scythes, ou bien ce n'est que parce qu'il obéit au même penchant qu'eux; mais, jamais il ne se rencontre de propos délibéré avec ces auteurs, et souvent il s'en sépare absolument. — Salluste ne connaît aucun des *Germani* qu'il pourrait confondre avec les Scythes dans la même description ethnographique, il ne connaît que les Germains du Rhin et du Danube supérieur. — Justin et les autres nous renvoient non pas à Salluste, mais à des modèles grecs dont ni Kœpke ni ses partisans n'ont tenu compte. — Tacite enfin, pour l'esprit général, suit Sénèque et Lucain, c'est-à-dire l'opposition stoïcienne, et pour les faits, César et les documents postérieurs sur les Germains.

Il ne nous reste plus, pour terminer, qu'à dire brièvement quelques mots sur la thèse de Tacite qui a été le point de départ de notre présent travail.

§ 8. **Tacite.** — Comme nous l'avons dit dans l'Introduction, Tacite n'a guère d'autre dessein que de peindre les Germains avec la plus grande exactitude possible et dans tous les détails, parce qu'ils sont un peuple fort intéressant et qu'ils se trouvent compris dans le cercle de ses études. Mais qu'à ses yeux ils aient eu la moindre ressemblance ou la moindre analogie avec les Scythes, c'est ce qu'on ne peut affirmer en aucune façon, ni apercevoir distinctement[1]. Mais l'humeur sentimentale de Tacite,

---

1. Il faudrait ajouter les passages parallèles cités par Kœpke et Wiedemann : Tac. *Germ.* 5. *Possessione et usu haud perinde afficiuntur* = Just. 2, 2, 7. *Aurum et argentum non perinde ac reliqui mortales adpetunt.*

qui le domine dans la *Germanie* plus que partout
ailleurs, fait qu'on peut se demander s'il a fidèlement donné le degré de puissance des Germains ou
s'il ne l'a pas un peu diminué. Quelques passages
importants dans ce sens ont été cités dans l'Introduction, il y en aurait d'autres à mentionner, par
exemple sur la sagesse et la simplicité de leur
législation : *Deliberant, dum fingere nesciunt ; con-
stituunt, dum errare non possunt*[1]; sur la cause de
leur bravoure : *Quodque præcipuum fortitudinis
incitamentum est... familiæ et propinquitates*[2]; et
plus loin : *Occasione discordiæ nostræ etiam Gal-
lias affectavere*[3], etc. On trouve encore par contre[4]
des réflexions capitales sur les *limites* de la force
physique des Germains[5], sur la *manière* dont les
Romains se sont mêlés avec succès de leurs affaires,
par exemple : *Raro armis nostris, sæpius pecunia
juvantur* (les rois des Marcomans), *nec minus valent*[6], dont il faut rapprocher : *Jam et pecuniam acci-
pere docuimus*[7]; *Batavi exempti oneribus et col-*

1. *Germ.* 22.
2. *Id.* 7.
3. *Id.* 37.
4. *Id.* 1, 23. 33. Voir plus haut.
5. Cf. *Hist.* 2. 32. *Ils ne supportent ni le changement de sol
ni le changement de climat.* Trad.
6. *Germ.* 12.
7. *Id.* 15. — Ils en profitèrent. D'après Hérodien, *Hist.* 4,
139, les Germains, devenus avides, imposèrent leur cupidité
à Rome, et lui firent acheter sa paix à prix d'or. Trad. —
Comparez avec ces mots Dion Chrysost. *Or.* 79 p. 434 R. :
Ce n'est que d'aujourd'hui que les peuples septentrionaux
ramassent l'ambre avec soin παρ' ἡμῶν μεμαθηκότες ὅτι εἰσὶν
εὐδαίμονες.

lationibus bellis reservantur... Nec publicanus atterit... In eodem obsequio et Mattiacorum gens... Mente animoque nobiscum agunt[1]. De même[2] : *Efficacius obligantur animi civitatum, quibus inter obsides puellæ quoque nobiles imperantur.* Naturellement tout n'a pas ce caractère, mais Tacite l'accuse partout où il était possible de le faire. Pour les points essentiels, il a sur les Germains les mêmes idées que Lucain et que Sénèque, dont les développements parallèles devaient à l'avenir trouver place dans ses appréciations. Lucain[3] et Sénèque[4] célèbrent la *libertas* des Germains (et des Scythes) ; Tacite loue ce même amour de l'indépendance et déclare qu'il contribue à rendre les Germains puissants : *Quippe Arsacis regno acrior est Germanorum libertas*[5].... *Pari olim inopia ac libertate eadem utriusque ripæ* bona *malaque erant*[6].... *Gotones regnantur ; paulo jam adductius quam ceteræ Germanorum gentes, nondum tamen supra libertatem*[7]... Les querelles privées pouvaient être facilement apaisées, *quia periculosiores sunt inimicitiæ juxta libertatem*[8]. Cette liberté a cependant quelque chose d'aristocratique, c'est la domination d'une race[9], et, par là encore, elle est plus sympathique à Tacite,

1. *Germ.* 29.
2. *Id.* 8.
3. *Phars.* 7, 433.
4. *De ira* 2, 15.
5. *Germ.* 37.
6. *Id.* 28.
7. *Id.* 13.
8. *Id.* 21.
9. *Id.* 11. 13.

écrivain aristocrate, qui n'en parle pas sans quelque complaisance, et qui ne la met pas en parallèle avec le gouvernement de certains empereurs sans dessein : le mépris qu'on avait pour les affranchis chez les Germains, prouve, suivant lui, que les Germains jouissaient de la vraie liberté[1]. Cependant la liberté elle-même est exposée à se pervertir ; ses mauvais côtés chez les Germains, qui ne sont *nullo officio aut disciplina assuefacti*[2], sont l'emportement *ira,* le défaut de *ratio ac disciplina*[3] qui les empêche à la guerre de remporter des succès suivis, progressifs et durables[4]. Tacite est du même avis : *Illud ex libertate vitium,* etc.[5] Cette *hostium discordia* est, d'après un passage très important sur les rapports de la Germanie avec Rome, de nature à fort réjouir les Romains[6]. Toutefois les Chattes ont *multum, ut inter Germanos, rationis ac sollertiæ*[7]. Tacite encore, toutes les fois qu'il constate véritablement chez les Germains la simplicité con-

1. *Id.* 25. Chez les nations qui ont des rois, les affranchis *et super ingenuos et super nobiles adscendunt : apud ceteros impares libertini libertatis argumentum sunt.* A. R. Il est curieux de trouver exprimée dans une œuvre contemporaine une pensée analogue : *Scis enim præcipuum esse indicium non magni principis, magnos libertos,* vous savez en effet que rien ne témoigne plus hautement contre la grandeur des princes, que la grandeur des affranchis (*Pan.* 88), dit Pline à Trajan. La *Germanie* est de l'année 98, le *Panégyrique* de l'an 100. Trad.

2. Cés. *B. G.* 4, 1.

3. Sén. *De ira* 1, 11. 2, 15.

4. *Id.* 2, 15.

5. *Germ.* 11.

6. *Id.* 33. Sén. *De ira* 1, 11, dit la même chose.

7. *Germ.* 30.

forme aux lois de la nature et la facilité à se contenter de peu, se rencontre avec le stoïcien Sénèque
dans l'éloge qu'il fait de ces qualités. Avec des
vêtements à peine suffisants, une habitation des
plus modestes et une existence misérable, les Germains « Songeant à peine à couvrir leur corps, à
l'abriter contre les rigueurs perpétuelles de leur
climat, sous le poids d'un hiver éternel, d'un ciel
sauvage, sur un sol qui les nourrit à regret, sans
autre protection contre les pluies qu'un toit de
chaume ou de feuillage, sans autre nourriture que
la chair des bêtes fauves, sont contents, sont heureux[1]. » Cette peinture de Sénèque est presque
surpassée à la fin de la Germanie par un tableau
de couleur sentimentale où l'imagination se donne
carrière au détriment de la vérité[2]. Ailleurs, dans
ces paroles qu'il consacre aux Germains adorant
leurs dieux sans images : *Lucos ac nemora conse-
crant, deorumque nominibus appellant secretum
illud quod sola reverentia vident*[3]; c'est Lucain et
la description de la forêt sacrée de Marseille que

1. Sén. *De ira* 1, 11, *De provid.* 1, 12.
2. Mira feritas, fœda paupertas... Victui herba, vestitui
pelles, cubile humus... Nec aliud infantibus ferarum im-
briumque suffugium quam ut in aliquo ramorum nexu conte-
gantur... Sed beatius arbitrantur quam ingemere agris, illabo-
rare domibus, suas alienasque fortunas spe metuque versare.
Securi adversus homines, securi adversus deos, rem difficillimam assecuti sunt, ut illis ne voto quidem opus esset. 16. —
On pourrait comparer à ces peuples les justes et saints Argem-
péons d'Hérodote : ὑπὸ δὲ δενδρέῳ δὲ ἕκαστος κατοίκηται κτλ.
1, 23.
3. *Germ.* 9.

Tacite rappelle : *Arboribus suus horror inest...
Terroribus addit quos timeant non nosse deos*[1].
Enfin, à plus d'une de ces peuplades, Tacite attribue
l'apanage de certaines vertus, — par exemple aux
Chauques[2], l'amour de la justice et de la paix, —
qui font songer aux Abiens d'Homère et aux Argempéens d'Hérodote.

Cela nous amène à reconnaître en terminant que,
lorsqu'ils idéalisent un peuple, les Grecs mettent
en relief sa justice, les Romains sa bravoure et sa
liberté, les Grecs et les Romains ensemble son
bonheur.

Je n'ai pas encore parlé du *dévouement* des Germains pour leur chef[3], dévouement que Tacite dit
être un des principaux secre's de la force de ce
peuple. Mais c'est un point que je dois m'interdire
de développer. Il y a aussi dans les *Annales* et dans
les *Histoires* des discours de chefs germains et
romains où apparaissent toutes les qualités comme
tous les défauts de Tacite. Je ne puis en dire qu'un
seul mot en terminant : ces discours nous font
pénétrer jusqu'au fond dans la pensée intime de
l'historien en ce qui concerne les Germains, le
peuple libre par excellence, Rome, et les rapports
des Germains et des Romains[4].

1. *Phars.* 3, 411 et 416.
2. *Germ.* 35.
3. *Germ.* 14. — Cf. César *B. G.* 6, 23. Trad.
4. Un ouvrage plus étendu sera un jour consacré à les
étudier. A. R. On nous saura peut-être gré d'indiquer quelques-uns de ces discours : *Annales* 1, 58. 59. — 2, 11. 15.
Histoires 4, 64. Trad.

EXCURSUS

SUR

LES HYPERBORÉENS

Le pays des Hyperboréens était naturellement situé au Nord; l'étymologie de leur nom est trop claire pour nous permettre le moindre doute à cet égard. Mais nous devons nous demander pourquoi on le déplaça plus tard vers l'Ouest. Nous croyons pouvoir donner là-dessus une explication satisfaisante et résoudre une confusion que nous constatons chez Ukert[1] et ailleurs.

1. Page 99 et 397 sqq.

Les Hyperboréens habitent dans les monts Rhiphées et, d'une façon précise, aux sources de l'Ister[1]. Mais, comme l'Ister prend sa source dans l'Europe occidentale, ce qu'Hérodote déjà sait et répète, il en résulte une contradiction. Cette contradiction peut s'expliquer par ce fait qu'on distinguait la conception mythique de l'Ister de la connaissance de son cours réel. L'Ister mythique est le pendant du Nil : celui-ci vient du Sud et celui-là du Nord; celui-ci vient de chez les pieux Éthiopiens et celui-là de chez les pieux Hyperboréens. La source de l'Ister est située, d'après Apollonius de Rhodes, Ὑπὲρ πνοιῆς Βορέαο Ῥιπαίοις ἐν ὄρεσσιν, et, d'après Pindare, ses sources sont ombragées σκιαραί, ce que le scholiaste interprète faussement quand il dit : Σκιερὰς δέ φησι πηγὰς ἤτοι τὰς βαθείας ἢ τὰς σκιαζομένας τῇ περὶ αὐτὰς τῶν ἐλαιῶν φυτείᾳ. L'adjectif σκιαρός est bien plutôt, comme νύχιος dans Sophocle, l'épithète propre de la contrée *crépusculaire* du Nord. Mais, déjà dans l'antiquité, on ne distingue souvent pas le mythe fabuleux de la description réelle, et même le Νυχιᾶν ἀπὸ Ῥιπᾶν de Sophocle, où la suite des idées est seule à autoriser pour νύχιος le sens de *septentrional*, a été expliqué par le scholiaste qui pensait involontairement à la source véritable de l'Ister, par le mot d'*occidental* : διὰ τὸ πρὸς τῇ δύσει κεῖσθαι. Ainsi donc, les Hyperboréens, les habitants des sources mythiques de l'Ister aux confins du

---

1. D'après Eschyle, *Prom. délivré*, Pindare, *Ol.* 3, 14, Apoll. de Rh. 1, 284 sqq.

Nord, furent inconsciemment déplacés vers l'Ouest, dans la région des sources réelles de ce fleuve, sur le flanc des Alpes. Voilà pourquoi Posidonius[1] déclare que les Hyperboréens habitent περὶ τὰς Ἄλπεις τῆς Ἰταλίας. Voilà pourquoi Protarchos, inconnu d'ailleurs, et qui écrivait à l'époque de la domination romaine, mais avant Hygin, dit que les Alpes seraient les monts Rhiphées καὶ τοὺς ὑπὸ τὰ Ἄλπαια ὄρη κατοικοῦντας πάντας Ὑπερβορέους ὀνομάζεσθαι[2]. Probus[3] dit : *Rhipæos montes quidam putaverunt Alpes*. Posidonius se servait même[4] du tour de force étymologique qui, faisant dériver le mot Ἄλπια d'un mot plus ancien Ὄλβια, rappelle les ὄλβια, les bienheureux Hyperboréens. D'après cela, pour Héraclide de Pont, les Gaulois, qui, sous la conduite de Brennus, descendirent des Alpes en Italie, étaient des Hyperboréens[5]. D'autres cherchèrent un moyen terme pour concilier ces deux traditions d'Hyperboréens du Nord et d'Hyperboréens de l'Ouest. Ainsi, d'après un récit rapporté par Plutarque[6], les Hyperboréens, venant de l'extrême Nord, auraient passé par la Gaule pour venir en Italie; un autre essai d'explication appartient à Hécatée d'Abdère qui fait habiter aux Hyperboréens une île de l'Océan : ἐν ταῖς ἀντιπέρας τῆς Κελτικῆς τόποις; cependant ses données reposent aussi

1. *Frag.* 90 Didot, dans les *Schol. Ap.* Rhod. 2, 677.
2. Etienne de Byzance, voir au mot Ὑπερβόρεοι.
3. *Ad Virg. Georg.* 3, 382.
4. D'après Athénée, 6, 233 d.
5. Plutarque, *Camill.* 22.
6. *Camill.* 15.

sur une confusion des sources mythiques de l'Ister au Nord chez les Hyperboréens, avec la source véritable à l'Ouest chez les Celtes[1]. La même confusion se constate encore dans les scholies de Pindare[2] : Ἴστρος δὲ ποταμὸς ἔχει τὰς πηγὰς ἐν τῇ τῶν Ὑπερβορέων χώρᾳ· ὃς νῦν Δάνουβις λέγεται.

Maintes confusions, comme nous l'avons dit, trouvent, par l'examen de ce point, un éclaircissement fort simple. — D'un autre côté, Ukert pense[3] qu'Eschyle lui-même cherchait déjà à l'Occident les Hyperboréens, leurs voisins les Griffons et les Arimaspes et même la source de l'Ister; aussi ne citait-il pas, dans le *Prométhée*, les monts Rhiphées parmi les montagnes du Nord[4]. Ce dernier argument *ex silentio* à l'égard d'un poète n'a pas grande valeur. Quant au premier argument, non seulement on ne peut le trouver dans le *Prométhée*[5], mais encore on y voit tout le contraire : πρὸς ἀντολάς, c'est à l'Est[6] qu'Eschyle croit qu'est situé le pays des Arimaspes[7]; mieux encore, c'est presque πρὸς ἡλίου πηγαῖς[8]! Toutefois, il les peint comme des êtres fabuleux, et non pas, à l'exemple d'Hérodote, comme des voisins réellement existant des Hyperboréens, circonstance qui, soit dit en passant, paraît plaider

1. Hérod. 2, 33. 4, 49.
2. *Ol.* 3, 25.
3. Pag. 398.
4. Pag. 99.
5. Le frag. 191 paraît aussi contraire à l'hypothèse d'Ukert.
6. *Prom.* 791.
7. *Id.* 805.
8. *Id.* 809.

contre l'existence historique de leurs autres voisins les Issédoniens[1].

1. Voir ci-dessus 1, § 6. — Pour compléter les renseignements donnés par M. Riese sur le pays des Hyperboréens, il serait bon de consulter Voelcker. *Myth. Geogr.*, 145-170. D'ailleurs les anciens sont loin d'être d'accord sur l'emplacement de cette contrée ; ils la placent tantôt dans le voisinage de la Scythie, tantôt sur les bords du Danube. Il faut considérer le pays des Hyperboréens comme une région idéale sur laquelle se répétaient des récits sans cesse embellis par les inventions des voyageurs qui revenaient des contrées septentrionales. Déjà, du temps d'Homère, de vagues renseignements étaient parvenus aux Grecs sur la longueur des jours et la brièveté des nuits dans les pays du Nord (*Odyssée* 10, 86); il se peut que là-dessus les Grecs aient imaginé le mythe des Hyperboréens, le peuple choisi d'Apollon, vivant en pleine lumière, hors de l'empire de Borée, dans une contrée sans cesse échauffée des purs rayons du soleil, et où règne un éternel printemps. Apollon séjourne au milieu d'eux pendant six mois de l'année. Quand le dieu est reparti pour Délos ou pour Delphes, les Hyperboréens continuent à l'honorer et à lui sacrifier : ils confient les objets sacrés, enveloppés de paille, à leurs proches voisins, à qui ils enjoignent de les faire passer chez une autre peuplade. C'est ainsi que de nation en nation ces offrandes arrivent à Délos (Hérod. 4, 33 à 35. Pausan. 1, 32, 2. 5, 7, 8 Pline, *H. N.* 4. 26, 14. Tel est en substance le mythe delphien des Hyperboréens. Trad.

FIN.

INDEX ALPHABÉTIQUE

propriété, 37, 59, 81.
Protarchos, 103.
Ptolémée, 28.
pureté des mœurs, 6, 8, 58.
Pythagore, 25, 34, 43.

Q

Quatre âges (mythe des), 14.
Quinte-Curce, 46.

R

S

TABLE

Paris. — Imprimerie polyglotte A. Labouret, passage Gourdon, 6.